Too Good To Be Bad

ÉDITION FRANÇAISE

BLOOD MONEY BILLIONAIRE
TOME QUATRE

BLAIR BUTLER

FIRE FINCH

FIRE FINCH PRESS

Too Good To Be Bad

Trop Bon Pour Être Mauvais

BLOOD MONEY BILLIONAIRE, TOME 4

CHAPITRE 1
Rêve d'encre

IVY

Une jeune femme blonde se tient sur le pont dans l'obscurité. Coupe au carré, silhouette de mannequin, tailleur-pantalon sophistiqué de la même couleur que le ciel nocturne. Elle transpire l'argent et l'autorité, et elle étincelle de violence.

— Anya, dit Alistair. C'est un son guttural imprégné de pure peur.

La femme incline le menton en signe d'accord.

Toute la douceur quitte mon corps.

Anya ? Mais qui diable-?

Les doigts d'Alistair s'enroulent autour de mon poignet si fort que ça fait mal.

Il me regarde dans les yeux juste une seconde. — Ivy. Pardonne-moi.

Avant que je puisse lui demander ce qu'il veut dire, il

me soulève de terre. Confuse, je pense qu'il va me porter, mais mon corps continue de voyager dans les airs, et c'est à ce moment-là qu'il me lâche.

Alistair me laisse putain tomber par-dessus la rambarde du yacht.

Je tourbillonne dans l'espace sombre pendant un moment qui semble durer une éternité.

Je heurte l'eau noire avec un hoquet qui manque presque de me noyer. Le froid est saisissant, mais rien n'est plus horrifiant que le fait que c'est Alistair qui m'a jetée par-dessus bord.

Je suffoque et je crachoute, les jambes qui battent, les bras qui s'agitent. Je vois les lumières scintillantes du yacht et j'entends la musique. Personne ne sait que je suis dans l'eau noire à part Alistair et cette étrange femme qu'il a appelée Anya. Putain ! Je suis sous le choc. Je dois me ressaisir. Je crie aussi fort que je peux.

— À l'aide ! je hurle, mais ma voix n'est pas assez forte. Je m'étouffe avec l'eau de mer et j'utilise le peu de souffle qu'il me reste pour rester à flot.

J'essaie encore. — AU SECOURS ! Aidez-moi !

Mes cris ne font que me donner l'impression d'être plus isolée, plus en danger. Personne ne m'entendra avec la musique et les rires de la fête à bord. J'essaie une dernière fois, espérant un miracle, car si je ne remonte pas sur le yacht, je suis aussi bien morte. La terre ferme est à des kilomètres. Je suis sur le point de crier à nouveau quand je la vois. Elle est à la rambarde, me regardant d'en haut. Je sais qu'elle est l'ennemie, je le sens au plus profond de mon être, mais ce même corps implore son aide parce qu'elle est la seule qui puisse me sauver.

— S'il vous plaît ! je sanglote, entre deux longues inspirations haletantes. Des gouttes d'eau salée trouvent leur chemin dans ma bouche. Je les recrache. — S'il vous plaît !

Je cherche sur son visage la moindre trace de pitié. Elle est loin là-haut, et je me débats, donc je ne peux pas voir grand-chose, mais il n'y a certainement aucune compassion dans son expression. Je pousse un dernier cri, sachant que si elle n'appelle pas l'équipage maintenant, je me noierai en attendant de l'aide. Son visage est une sculpture de glace.

Je réalise que je vais devoir nager jusqu'au rivage si je veux une chance de survie. Je ne suis pas convaincue d'y arriver, mais c'est mon seul espoir. Je lève les yeux vers Anya, la suppliant avec mes sanglots pleins de morve. Elle lève son arme et me vise.

Non ! Mon cœur se fracasse contre mes côtes.

Son premier tir me manque d'un cheveu, et je hurle. Je ne peux pas m'en empêcher ; le son déchire simplement ma gorge. La musique de la fête et le silencieux du pistolet signifient que personne ne l'entend. Anya vise à nouveau, et je sais que cette fois elle ne me ratera pas. J'inspire brusquement et plonge sous l'eau, m'éloignant aussi vite que possible de l'endroit où je me trouvais. Je vois et j'entends la balle torpiller l'eau à peine quelques centimètres de moi. Je reste sous l'eau aussi longtemps que possible, mais l'adrénaline me pousse à remonter pour respirer.

Elle s'apprête à tirer une troisième fois quand je vois Alistair la percuter de plein fouet. Son visage est un masque de pure fureur. Elle crie de surprise et de frustration alors que son arme lui échappe des mains et tombe dans l'océan avec un « ploc ». Je pousse un petit cri de soulagement. Alistair l'a désarmée, donc je suis certaine qu'il pourra m'aider à remonter à bord. Peut-être que je ne mourrai pas ce soir après tout.

Anya hurle et tente d'attaquer Alistair, mais il est trop rapide et trop fort pour elle. Il l'immobilise temporairement d'un coup à l'estomac. *Oui !* Je suis tellement soulagée que je coule presque, oubliant que je dois encore battre des jambes pour rester à la surface. Bien sûr qu'il va me sauver. C'est Alistair ! Alistair préférerait mourir que de me voir souffrir. Anya se jette à nouveau sur lui, mais il esquive facilement ses coups. *On va s'en sortir*, je me dis. *On va s'en sortir.*

Une guirlande lumineuse se balance. Quelqu'un d'autre est là. Un homme en noir apparaît derrière Alistair, camouflé par le ciel nocturne.

— Derrière toi ! je hurle.

Il pivote, prêt à se battre. Mais l'homme en noir n'est pas venu pour se battre. Il lève son arme.

Un coup de feu étouffé, puis un autre en succession rapide. Deux petits pops, et Alistair s'effondre.

Un hurlement à glacer le sang, si fort et horrifié, s'élève de ma gorge. C'est un son animal que je n'ai jamais entendu auparavant. Une angoisse pure, une douleur pure et un chagrin incompréhensible raclent mes poumons et ma gorge, libérant ce gémissement guttural de désolation.

« Non » est le seul mot que je suis capable de penser. *Non, non, non.*

Ce n'est pas réel. C'est un horrible cauchemar. Cela n'est pas en train d'arriver. Bientôt je me réveillerai dans les bras d'Alistair dans sa magnifique maison, le soleil entrant à flots par la fenêtre, Reacher et Bijou se prélassant dans ses rayons. En sécurité, au sec et au chaud. Brumilde sera en train de faire frire des pancakes dans la cuisine. Je serrerai mon cœur et je dirai : « Oh mon Dieu. Je viens de faire le cauchemar le plus terrifiant », et Alistair me serrera tout contre lui et m'embrassera dans le cou, toute cette peau chaude et ces muscles. Et il dira : « C'est fini maintenant. Tu es en sécurité. »

Pas ça. Pas ce moment surréaliste et insensé, pas une fausse lune de miel en Thaïlande. Pas une étrangère blonde psychotique et son ombre vêtue de noir qui veut notre mort. C'est juste un vilain rêve dont je dois me réveiller. Je tremble si fort que mes dents s'entrechoquent entre mes sanglots.

Réveille-toi, je me murmure, *réveille-toi.* Mes cordes vocales semblent déchirées. Mes jambes commencent à manquer d'énergie. Je n'ai plus besoin de battre des jambes, parce que c'est un rêve. Si je me détends simplement dans l'eau sombre, je me réveillerai de l'autre côté, au chaud et en sécurité. Le cœur d'Alistair battra, fort et régulier.

Alors j'arrête de pleurer.

J'arrête de battre des jambes.

Et je laisse le rêve d'encre m'emporter.

CHAPITRE 2
La vengeance ne rapporte pas de dividendes

ALISTAIR

Je me réveille en sursaut comme si quelqu'un avait enfoncé un Taser dans ma poitrine. Ma cage thoracique est en feu. Mes yeux s'ouvrent brusquement tandis que je respire avec difficulté.

Je suis seul.

Une avalanche de souvenirs frais et de pensées confuses envahit mon esprit.

Ivy.

Je ferme les yeux très fort, voulant remonter le temps. Revenir à l'époque où Ivy était saine et sauve. Au lieu de... quoi ? Noyée ? Morte ?

Tout mon corps se contracte violemment à cette pensée. Pas question. Impossible qu'elle soit morte.

Je ne l'aurais jamais permis.

J'ai jeté Ivy par-dessus bord parce qu'à la seconde où

j'ai regardé dans les yeux d'Anya Kuznetsov, j'ai su qu'elle était venue pour assassiner Ivy. Elle avait peut-être prévu de me tuer aussi, mais je m'en fichais. Elle voulait me faire souffrir de la pire façon possible, et elle savait qu'Ivy était la solution. Je n'ai pas réfléchi. J'ai su instinctivement que je devais éloigner Ivy de cette situation. Je déteste qu'elle ait dû tomber dans l'océan, mais c'était le seul moyen de la garder en sécurité. C'était la seule chose que je pouvais faire. Mon Dieu, je me déteste.

Je suis dehors. Pas sur le yacht. Il y a de la terre ferme sous moi. Pourquoi n'ont-ils pas simplement jeté mon corps par-dessus bord ? Maintenant, ils vont devoir s'occuper d'un cadavre de quatre-vingt-douze kilos. C'est un travail difficile – je le sais par expérience parce qu'on ne peut pas toujours appeler les nettoyeurs – alors je suppose que j'aurai le dernier mot. Je vais mourir avec satisfaction.

Non.

Ma respiration se bloque dans ma gorge.

Ivy.

Elle va bien, me dis-je. Elle est forte et courageuse. Elle atteindra le rivage.

À moins qu'une de ces balles ne l'ait touchée.

Non. Elle m'a crié cet avertissement après que les coups d'Anya ont été tirés. Elle n'a pas pris de balle. Elle s'en sortira.

La douleur envahit mon corps, et je ne peux pas distinguer si elle est physique ou émotionnelle. C'est à cause de moi que la vie d'Ivy est en danger. C'est impardonnable. Mon cœur souffre de douleur et de fureur. Mon corps vibre de culpabilité et de honte. Quel genre d'homme ne peut pas protéger sa femme ? Ou pire, quel genre d'homme met sa femme en danger en premier lieu ?

Je gémis, bougeant ma tête de gauche à droite pour essayer d'échapper à la douleur.

Qu'ai-je fait ?

Je ne vois que le visage d'Ivy, son beau visage ouvert, ses yeux illuminés par son sourire généreux. Si elle est morte, je mourrai aussi. Je refuse d'exister dans un monde où elle ne vit plus.

Ce pacte que je fais avec moi-même aide à supporter l'agonie. Il y aura une issue à ce chagrin dévorant. Je n'aurai pas à y faire face trop longtemps.

Alors que je commence à me sentir réconforté par cette idée, je pense au petit Alex. Je pense à Mariya.

Une nouvelle dague de chagrin s'enfonce profondément dans ma poitrine, car je sais que je ne peux pas laisser Alex orphelin à nouveau. Peu importe à quel point je souffre, je devrai continuer.

Je grogne de désespoir. Il n'y aura aucune échappatoire à cette douleur dévorante. Je devrai supporter l'insupportable.

Je hoquette lorsqu'une nouvelle douleur aiguë pique mes côtes inférieures. L'agonie descend le long de ma colonne vertébrale. J'ouvre les yeux pour voir Anya me regarder de haut comme si j'étais un cafard. Elle m'avait donné un coup de pied avec ses chaussures de designer pointues, et maintenant l'une d'elles est posée sur mon sternum.

— Ravenscroft, dit-elle d'une voix traînante avec son riche accent moscovite.

— Pourquoi suis-je encore en vie ? je croasse.

Ses cheveux tombent vers l'avant tandis qu'elle me sourit avec suffisance.

— Parce que je ne t'ai pas encore donné la permission de mourir.

— Ah, je réponds. Alors... me tirer deux balles dans la poitrine ne compte pas comme une permission de mourir ?

Elle ricane.

— Oh, je t'en prie. Deux petites balles de rien du tout ? Ce ne sont que de petites piqûres de moustique.

Donc c'est pour ça que je suis encore en vie. Des munitions non létales. Des moustiques qui vous brisent les côtes.

Anya lit dans mes pensées.

— Arkadi savait qu'il était impératif de te garder en vie. C'est un tireur brillant. Un peu enthousiaste, peut-être, mais excellent.

— Ton garde du corps, je présume.

Anya hoche la tête.

— Entre autres choses.

— Donc, tu me voulais vivant, dis-je. D'où le fait que

je ne suis pas actuellement allongé au fond de l'océan, déchiqueté par des poissons aux mâchoires dentelées.

Anya sourit. Ses yeux ont une lueur maléfique.

— Bien sûr que je te veux vivant. À quoi me servirais-tu si tu ne respirais plus ?

Son talon pointu s'enfonce dans mon sternum, et la pression du reste de sa chaussure intensifie la douleur brûlante dans mes côtes. Il devient de plus en plus difficile de reprendre mon souffle.

— Je pensais que tu me tuerais. Et le reste de ma famille. Par vengeance.

— Ce serait extrêmement myope, tu ne crois pas ? La vengeance ne rapporte pas de dividendes.

— Alors ce sont les dividendes que tu recherches ?

— En quelque sorte, oui.

Elle appuie plus fort, et je commence à voir des étoiles. J'ai peut-être perdu du sang : je me sens léger, comme si je pouvais flotter au-dessus de mon corps endommagé. Peut-être que je vais mourir sans la permission d'Anya Kuznetsov, après tout.

CHAPITRE 3
Rasoir d'Ébène

IVY

C'est agréable de simplement lâcher prise. De laisser l'eau me pénétrer à l'intérieur comme à l'extérieur. C'est un soulagement de couler lentement dans les profondeurs de l'océan. J'ai l'impression de voyager vers le centre de l'univers. Pas de précipitation, pas de lumière, pas de douleur. Mon corps entier se détend. Je ne sais plus si l'eau est chaude ou froide ; ma peau ne perçoit plus la différence. Ou peut-être que c'est mon cerveau qui s'éteint, sachant que la température n'a plus d'importance. Je continue à couler. Je descends au-delà du point où je pensais toucher le fond marin. Il n'y a que plus d'eau. L'eau est infinie, comme l'espace. Et je suis poussière d'étoiles, me réunissant avec le cosmos.

Je n'ai plus à m'inquiéter. Je n'ai plus besoin de m'accrocher à quoi que ce soit, ni de chercher à saisir quoi que ce soit. Je desserre mon emprise, et c'est un immense soulagement. Bonheur, liberté, paix. Juste lâcher prise sur tout. Si seulement j'avais su faire ça de mon vivant. C'est une cruelle plaisanterie de ne l'apprendre que maintenant, quand il est trop tard.

Je pense à la belle vie que j'ai menée. Ce n'était pas tout rose – la vie de personne ne l'est – mais c'était une bonne vie. J'ai été une bonne fille et une bonne sœur. Une bonne citoyenne et une gardienne responsable de la terre. Des micro-souvenirs traversent mon esprit : le jour où j'ai perdu une dent de lait dans un accident de balançoire, et où j'ai dû sucer un glaçon et cracher dans le lavabo en porcelaine blanche jusqu'à ce que le saignement s'arrête. La petite souris m'avait terriblement gâtée cette nuit-là. Un billet de cinq livres tout neuf alors que j'étais habituée à recevoir une pièce.

La fois où Jamie et moi avons trouvé d'énormes flamants roses gonflables dans la piscine de cet hôtel bon marché à la côte, et avons passé toutes les vacances à flotter dessus en mangeant des Esquimaux. Je peux sentir l'odeur de la crème solaire.

La fois où j'ai rencontré Becks : c'était comme un éclair de connaissance qu'elle serait ma personne pour le reste de ma vie. Comme un coup de foudre, mais plus profond et sans doute.

Mon premier petit ami, mon premier emploi, mon premier appartement. Mon premier amant, mon premier orgasme, mon premier coup dans l'estomac qui m'a laissée si essoufflée que je pensais mourir. Ma première manifestation contre le changement climatique, quand je me suis enfin sentie appartenir à une tribu. J'aurais pu faire plus ; j'aurais dû faire plus, mais il n'y a plus de temps maintenant pour les regrets.

Je sens le froid, maintenant. Et je peux sentir l'obscurité qui me comprime, qui m'étouffe. Ce n'est plus une étreinte amicale. C'est noir et tranchant ; un rasoir d'ébène, prêt à trancher. Des aiguilles glacées piquent mes plantes de pieds et mes paumes. La sensation de paix se dissout en une panique soudaine tandis que mes poumons se contractent, réclamant de l'oxygène – mais l'air est si loin au-dessus de moi que je pense ne jamais pouvoir l'atteindre.

Je t'aime, Alistair. Je t'aime d'une façon profonde et primitive comme je n'ai jamais aimé personne. Tu as été si bon pour ma famille et moi. Tu m'as éveillée aux promesses de la vie.

Becks, nos âmes se retrouveront – et puis encore et encore jusqu'à la fin des temps.

Jamie : je n'aurais pas pu demander un meilleur frère. Ton immense cœur est une inspiration.

Maman et Papa, merci pour tout. Vos paroles sages, vos conseils, votre nourriture du potager, et vos valeurs inébranlables. Votre argent de la petite souris.

C'est fini. J'envoie ma dernière offre à l'univers : que mes proches soient heureux.

Je laisse échapper un sanglot, et avec lui, ma dernière poche d'air.

— Et Alexander ? tonne Becks.

J'ai un brouillard noir et froid dans ma tête, je ne peux pas penser clairement. Je suis au fond de l'océan, alors pourquoi puis-je entendre la voix de ma meilleure amie ?

Quand elle se répète, forte et claire, je réalise qu'elle attend une réponse de ma part.

Oui, je réponds. *Et tout mon amour à bébé Alex, bien sûr.* Ce doux garçon que j'aime déjà.

— Ça ne va pas beaucoup l'aider, n'est-ce pas ? exige-t-elle. Des messages misérables venus des profondeurs.

Toujours aussi pragmatique.

Non, je suis d'accord. *Ça n'aidera pas, mais c'est tout ce que j'ai.*

— C'est complètement absurde, et tu le sais, dit-elle.

Je ne peux pas.

— Tu ne peux pas quoi ?

Je ne peux rien faire. Je suis morte.

La Becks que j'hallucine éclate de rire. — Ça ferait une épitaphe épique pour ta pierre tombale. JE NE PEUX PAS. JE SUIS MORTE. Elle continue à se bidonner.

Je suis ravie que tu trouves mon décès si divertissant.

— Oh, mais chérie, ce n'est pas la fin pour toi.

Si, je réponds. *Je le sens.*

— Tu ne sens rien du tout. Tu es engourdie par le choc et le froid. Ce n'est pas la mort. C'est juste une invitation. Une que tu n'accepteras pas aujourd'hui.

Tu ne sais pas ce que je ressens.

— On s'en fout de ce que tu *ressens.* ON S'EN FOUT DE CE QUE TU RESSENS ! Commence à donner des coups de pied.

Je ne sens plus mes jambes.

— Peu importe. Donne des coups de pied.

J'essaie de donner des coups de pied, mais mes jambes sont inutiles. Mes poumons se contractent avec un dernier avertissement. J'essaie encore, et je sens mon corps remonter légèrement. Je suis surprise, mais d'une manière détendue, comme si ça n'avait pas d'importance. Comme si j'étais séparée de mon corps, indifférente, le regardant passer à travers les mouvements.

— Donne des coups de pied, bordel, insiste Becks. Maintenant. Avant que la faiblesse et la confusion ne s'installent.

Privation d'oxygène.

— Oui. Tu dois nager vers la surface maintenant ou il sera trop tard. Tu comprends ?

Je crois que je hoche la tête, mais je n'en suis pas sûre. Je me sens si faible. Je vais donner des coups de pied. Je vais nager jusqu'à la surface. J'ai juste besoin d'un petit repos pour rassembler mes forces.

— MAINTENANT, Ivy.

D'accord. D'accord. Je recommence à bouger mes jambes sans beaucoup de progrès.

— Pense à Alistair, dit Becks.

Alistair semble être un fruit de mon imagination.

— Il ne se remettra jamais de ta perte.

Puis je me souviens des coups de feu, et de voir son corps s'effondrer.

Alistair est mort.

— Il ne l'est pas, Ivy. Il est vivant. Il est cent pour cent vivant.

Je ne te crois pas.

— Il est vivant. Et tu sais qui d'autre est vivant ? Jamie. Tes parents. Bébé Alex. Et MOI. Et je ne vais pas te perdre à cause d'une putain de psychopathe russe. Tu comprends ?

Oui.

Je donne un coup de pied. Pas bon. J'essaie encore. C'est mieux.

— C'est mieux, fait écho Becks. C'est ça. Continue.

C'est tellement loin.

— Non. C'est juste une impression.

Je donne un coup de pied.

— Pense à Alistair, Ivy. Et pense à ce petit bébé qui a besoin de vous deux.

Je donne des coups de pied plus fort. Ça marche. L'obscurité me libère de son emprise. L'eau semble plus légère autour de moi, davantage comme l'océan et moins comme une étreinte mortelle. Il devient plus facile de donner des coups de pied.

— Tu y es presque.

Vraiment ? Ça semble à des kilomètres.

— Vite, Ives. Aussi vite que tu peux. Allez, allez, allez.

Même si ma tête menace d'exploser à mesure que je m'approche de la surface, je continue.

Je vois le sourire sexy d'Alistair, les yeux pétillants. Je vois bébé Alex qui me tend les bras, le visage illuminé d'amour.

Je donne des coups de pied plus forts. Mes muscles se contractent et mes pensées bégaient. Je ne vais pas y arriver.

— Si, tu vas y arriver, bordel, insiste Becks.

J'essaie d'utiliser mes bras aussi, repoussant les profondeurs obscures.

Alistair. Becks. Alex. Jamie.

Je peux y arriver. Je peux survivre à ça.

— Tu as déjà réussi, dit Becks.

Je perce la surface, je crachouille, puis je prends la plus grande inspiration de toute ma vie.

CHAPITRE 4
Une Chance Obscure

ALISTAIR

Je me réveille en sueur après un cauchemar fiévreux où Ivy est en danger. Elle est juste hors de ma portée et ça me tue de ne pas pouvoir l'aider. Je préférerais mourir plutôt que de rester impuissant pendant qu'elle est en difficulté. Je dois la rejoindre. Je halète. Il fait si chaud. Sombre, humide, étouffant. Je cligne des yeux mais la pièce reste plongée dans l'obscurité. Je me redresse ; mon torse est en feu. Je sens le coton rugueux des bandages serrés autour de ma poitrine. Je dois sortir d'ici.

Ma bouche est pâteuse. J'ai tellement soif. De l'eau.

Je me lève, même si ça fait un mal de chien. Ces balles ont déchiré la peau, fracturé des os, sans percer d'organes vitaux. Chanceux – si on peut appeler se faire tirer deux balles dans la poitrine par un sauvage russe de la chance. Une chance obscure.

Se tenir debout est douloureux, mais faisable. Quelques côtes fêlées ne sont pas la pire blessure qu'on puisse subir. J'essaie de marcher, les mains tendues devant moi pour éviter de me cogner contre des meubles ou de foncer dans un mur. Je halète à nouveau, mon cœur bat la chamade. Ma peau est couverte de sueur. L'agonie fait cet effet.

Bien que je puisse bouger, je sais que je n'irai pas très loin avec une telle douleur. Dépasser la souffrance est une chose, mais le corps a des limites que l'esprit n'a pas. S'évanouir n'est pas une option. Pas dans un pays étranger où des assassins slaves veulent ta peau.

Les paroles d'Anya me reviennent. *Imprévoyant. Vengeance. Dividendes.* Elle me veut vivant, ce qui est encourageant. Elle sait qu'elle tirera beaucoup plus d'argent de ma famille si je respire encore. Cela rend ma situation légèrement moins risquée, et le pari d'une évasion moins mortel.

Je trébuche dans le noir, essayant de m'orienter. Il n'y a pas grand-chose à découvrir. La pièce est minuscule, avec des murs de briques nues, rugueux au toucher. Une barre noire apparemment arbitraire, comme une tringle à rideau, est vissée au mur, traversant le coin. Le lit de camp métallique sur lequel je dormais est le seul meuble de la pièce. Une petite fenêtre carrée, servant d'aération, est scellée avec un morceau de grillage métallique poussiéreux aux bords tranchants. Je pourrais peut-être l'arracher. Cela me coûterait quelques jours, des paumes lacérées et probablement quelques ongles, mais je pourrais y arriver. Le cadre n'est pas assez grand pour que je puisse m'y faufiler, mais peut-être que je pourrais attirer l'attention de quelqu'un selon où donne l'extérieur. Je sais qu'il n'y a pas un espace mort de l'autre côté car il y a un peu de circulation d'air, des ombres et des odeurs subtiles. Bien sûr, ça pourrait être la pièce où mon geôlier est assis, attendant une main à écraser sous sa botte.

Mais il ne faut pas y penser, car ce petit carré est ma seule option. Je préfère quelques jointures brisées plutôt qu'aucun espoir. Je refuse d'être un rat en cage.

Je soupire et le regrette immédiatement alors que mes côtes s'embrasent.

Je pousse le lit métallique contre le mur et y grimpe pour que le grillage soit à portée de main. Mes yeux se sont habitués à l'obscurité maintenant – ou du moins autant qu'ils peuvent l'être dans le noir complet. Je passe mes doigts sur le grillage. C'est un travail bâclé, mais les vis desserrées sont rouillées, donc je suis moins optimiste quant à la possibilité de les retirer. Ce que je ne donnerais pas pour la boîte à outils de Grayson en ce moment.

Je commence à travailler sur le coin, peu importe que je ne voie pas ce que je fais. Faisant confiance à mes mains. J'y travaille pendant ce qui semble des heures avec peu de progrès. Chaque fois que je veux abandonner, je pense à Ivy, et cela me donne la force de surmonter la douleur et l'ennui. Ivy vaut cent jours comme celui-ci ; mille. Mes côtes chantent et mes doigts saignent, mais je m'en fiche.

Il y a un bruit à la porte. Je me dépêche de pousser le lit à sa position initiale, essuyant le sang sur l'unique drap et m'y asseyant. Je transpire. C'est l'humidité tropicale, mais aussi la douleur. J'entends la clé gratter dans la serrure, le métal contre le métal, puis elle tourne, et la porte s'ouvre. Une silhouette musclée domine l'embrasure avec cette posture voûtée que les haltérophiles surentraînés adoptent en déambulant. Je me protège les yeux. Une ampoule nue se balance au plafond derrière lui. La lumière est faible, mais elle fait mal quand même.

Arkadi grogne. Je ne sais pas si c'est une salutation ou un avertissement.

Je prie pour que mes doigts cessent de saigner.

Il a quelque chose dans sa main, quelque chose dont je n'aime pas l'aspect. Un éclat maléfique. Un scalpel ?

J'essaie de parler mais rien ne sort. Peur, soif, manque d'usage. J'avale et réessaie.

— Que voulez-vous ?

Arkadi grogne à nouveau. Je ne peux pas voir son visage, seulement le contour de sa masse.

— Vous connaissez ma famille, dis-je d'une voix rauque. Vous savez combien d'argent nous avons. Je peux vous donner tout ce que vous voulez.

— J'ai déjà ce que je veux.

— Je peux vous en donner plus.

L'homme racle sa gorge et crache sur le sol en béton.

— Vous, les Occidentaux. Vous pensez que tout est à vendre.

Je sens une goutte de sang tomber de ma main. Je l'écrase avec mon pied. Je suis content qu'il fasse sombre.

— Vous, les Slaves, je réponds. Vous prétendez ne pas être à vendre.

Arkadi avance, et sa masse me domine. Ce n'est pas souvent que je me sens petit, mais les avant-bras de l'homme sont de la taille de mes cuisses. Ce n'est pas un scalpel mais une seringue chargée dans sa main.

— Qu'est-ce que c'est ? je demande.

Je n'ai pas peur des aiguilles, mais je ne veux pas de cette saloperie dans mes veines.

Arkadi sourit narquoisement.

— C'est un cocktail spécial, juste pour vous. Vous aimez les cocktails, *nyet* ? Considérez ça comme l'happy hour.

— Dites-moi ce qu'il y a dedans, dis-je.

Ils ne m'empoisonneraient pas – Anya me veut vivant. Un sérum de vérité ? Je n'ai pas de secrets qui les intéresseraient. Ils connaissent déjà ma principale faiblesse.

— Détendez-vous, dit Arkadi, en faisant un pas en avant. *Prosto rasslab'sya.* J'ai une bouteille d'eau pour vous si vous ne faites pas d'histoires.

Je prends une respiration, envoyant une lance d'agonie à travers ma cage thoracique. Je meurs de faim et suis déshydraté. Je n'ai aucune chance contre cet ogre, alors je lui offre mon épaule en espérant ne pas faire une énorme erreur.

Le Russe me pique et vide la seringue. Dieu, je déteste ne pas savoir ce que c'est. Il me frappe l'épaule après.

— *Udachi.* Pour porter chance, sourit-il.

C'est à ce moment que la pièce commence à tourner. Je suis plaqué sur le matelas par des mains invisibles, et mes paupières s'alourdissent. La silhouette floue part, mais je suis déjà inconscient quand il verrouille la porte.

CHAPITRE 5
Délirante face à la mort

IVY

Je halète, je tousse, j'aspire l'air comme si c'était la dernière bouffée de ma vie. Mes poumons, furieux d'avoir été privés d'oxygène, se contractent encore quelques fois avant de retrouver enfin leur rythme normal. Je continue à donner des coups de pied, à pleurer, tandis que les lumières du yacht scintillent et disparaissent. Je me tourne vers la côte. Elle semble être à des kilomètres. Après cette lutte émotionnelle avec la Faucheuse là-bas en dessous, après avoir nagé pour ma vie, et je vais quand même me noyer.

J'attends que Becks me contredise, mais elle ne le fait pas.

— Becks ? je gémis. J'ai besoin de toi.

Mais il semble que les conseils qu'elle m'a donnés n'étaient que le fruit de mon délire face à la mort. La réalité me frappe de plein fouet : je suis complètement seule au milieu de ce foutu océan. Dans un pays étranger.

Il n'y a qu'une seule chose à faire, avec laquelle Becks serait sûrement d'accord, c'est de commencer à nager vers la côte. De toute façon, ce sera mieux que de faire du sur-place ici et de n'aller nulle part.

Putain de vie.

Franchement.

Et sur ce, je commence à nager. J'avance lentement mais régulièrement, sans m'arrêter pour me reposer, ne voulant pas gaspiller de temps ou d'énergie à faire du sur-place. J'alterne entre la brasse et le crawl. Je ne me souviens plus lequel est le plus efficace ; la brasse semble plus facile, le crawl plus rapide.

Je repousse l'envie aiguë de me reposer. J'écarte les pensées sur la distance qui me sépare du front de mer scintillant, parce que si je la connaissais, j'abandonnerais probablement. J'utilise ma formation de yoga pour transformer cette nage lente en une sorte de méditation, essayant d'ignorer l'obscurité et la peur. Un mouvement, puis le suivant, puis encore un autre. C'est tout ce que j'ai à faire. Les minutes se transforment en heures qui semblent durer des jours. Mes biceps et mes avant-bras me brûlent et mes mollets se crispent. Si je peux survivre à ça, je me dis que je peux survivre à tout.

Je puise dans la force des belles personnes que je connais — Jamie qui a surmonté sa dernière pneumonie double et le coma qui a suivi, les Ravenscroft qui ont traversé la perte d'une fille, et Ariana qui a survécu à un enlèvement et au syndrome de Stockholm. Ils ont tous survécu, et je peux le faire aussi.

Je donne des coups de pied plus forts, je tire plus fort, et je propulse mon corps à travers l'eau sombre et salée. Je ne peux m'empêcher de faire le parallèle entre cette eau et le liquide amniotique. Si je m'en sors, peut-être que j'aurai l'impression d'être née à nouveau. C'est l'une des nombreuses pensées étranges qui me traversent l'esprit, mais l'idée du liquide amniotique revient sans cesse. C'est l'épuisement qui parle. Ou peut-être l'énergie de ma mère qui traverse l'espace et le temps pour me soutenir. Je sais que parfois, les personnes qui entrent dans des caissons d'isolation sensorielle ont des hallucinations. J'ai l'impression d'avoir des hallucinations émotionnelles à tout-va. Conformément à ma formation en méditation, je ne m'accroche pas à ces pensées étranges, je les laisse simplement partir et les regarde se dérouler. Un mouvement, puis le suivant, puis encore un autre.

Je nage depuis des heures, je crois ; c'est impossible à dire. Ma motivation d'atteindre la côte est toujours forte, mais mes muscles me lâchent. J'ai utilisé jusqu'à la dernière once d'énergie. Pourtant, je me force à continuer, mais je ne bouge presque plus. Mes membres n'obéissent plus à mes ordres. Je peux voir la terre scintiller de lumières, ce qui me donne envie de pleurer. Si proche, mais hors de portée. Je ne peux pas abandonner, mais je ne peux pas continuer. Je suis trop fatiguée pour pleurer.

Mon dernier effort pour survivre est d'appeler à l'aide. Je doute que quelqu'un m'entende, mais le son voyage sur l'eau et je n'ai plus d'options. Ma première tentative est pathétique ; mes poumons sont comme des ballons dégonflés. À la troisième tentative, j'ai réussi à gagner un peu de volume.

— À l'aide ! je crie. AU SECOURS !

J'aimerais connaître le mot thaï.

Je fais suivre mes appels du cri le plus strident que je puisse produire, pensant que le son aigu pourrait porter plus loin.

Il fait si sombre, et j'ai si froid que mes dents recommencent à claquer. L'effort de la nage avait maintenu mes muscles au chaud, mais maintenant tout s'évanouit. La chaleur, mon espoir, ma chance de survivre à ce désastre.

Mon dernier fragment d'énergie passe dans mon dernier cri à l'aide, et puis c'est fini.

Si près de la rive. Si froide et seule. Même le fantôme de Becks m'a abandonnée.

J'avale accidentellement une gorgée d'eau. Je ne m'étais pas rendu compte que je coulais. Je m'étouffe, je vomis, le sel me pique les yeux. Avant que je ne puisse complètement vider mes poumons, j'aspire une autre gorgée. Je panique, agitant l'eau autour de moi avec une énergie que je n'ai pas, puis je sens l'eau passer par-dessus ma tête.

CHAPITRE 6
Ça t'appartient

ALISTAIR

Je me réveille des heures plus tard d'un sommeil sans rêve. Pas de cauchemars concernant Ivy, pas de sensation de panique qu'elle soit juste hors de ma portée. Je ne sais pas ce que cela signifie. Mes paupières sont encore lourdes, mais je peux les ouvrir suffisamment pour voir la bouteille d'eau par terre. Je me précipite, l'attrape et la vide, ne laissant qu'une gorgée pour plus tard.

Une lumière tamisée entre par la fenêtre, baignant tout d'une teinte grise. Je suppose que l'injection était un puissant analgésique, et probablement – espérons-le – un antibiotique. Ils ne voudraient pas que je meure d'une infection après tout ce qu'ils ont fait pour me garder en vie jusqu'à présent. Avec un peu de chance, la nourriture fera partie de leur stratégie de survie, car je tremble de faim. Je n'ai pas encore l'énergie nécessaire pour continuer à arracher cette maille.

Au lieu de cela, je repousse le lit contre le mur et m'adosse au béton froid. Je savoure cette fraîcheur. Ce pays est tellement chaud. Dieu merci pour les murs frais et les antibiotiques.

Cette dernière gorgée d'eau m'appelle, mais je dois attendre. Je ne sais pas quand viendra la prochaine bouteille, ni sous quelles conditions. J'appuie ma tête contre le mur et compte mes respirations, m'obligeant à les ralentir. J'essaie d'éviter de penser à Ivy, parce qu'elle est ma kryptonite. Je ressens très peu de peur jusqu'à ce qu'elle surgisse dans mon esprit – puis soudain mon pouls s'accélère. C'est une torture absolue de ne pas savoir où elle est ni comment elle va. Je me souviens d'elle dans l'océan sombre, les vagues noires l'entraînant vers le fond. Les balles explosant l'eau autour d'elle. Ma mâchoire est si serrée que mes dents risquent de se briser.

Je respire à travers la peur. La culpabilité, le chagrin. Les chances qu'elle soit vivante sont presque nulles, je le sais, mais la seule chose qui me permettra de traverser cette épreuve est de penser qu'elle a survécu, alors c'est ce que je vais faire. C'est peut-être un chemin imaginaire, mais au moins c'est un chemin. Je prie – un dieu auquel je ne crois pas – de la garder en sécurité jusqu'à ce que je la retrouve. Je l'imagine vivante et en bonne santé.

Portant cette robe d'été, dégageant ses cheveux de son visage, et riant. Oui. Elle va bien.

Je me laisse reposer dans cet espoir. Ma mâchoire se détend.

Survivre à tout cela nécessitera une force mentale optimale qui ne peut se permettre des émotions inutiles et défaitistes comme l'inquiétude et la culpabilité.

L'amour de ma vie va bien. Mon seul travail ici est de rester en vie et de trouver mon chemin vers elle.

Je ferme les yeux et je la vois, le tissu léger de sa robe ondulant dans la brise. Nous sommes à la maison de Koh Samui, sur la terrasse ensoleillée. L'image de la piscine bleue étincelante accentue ma soif, alors j'attrape un cocktail au rhum épicé et nous trinquons. La boisson est glorieusement froide lorsqu'elle remplit ma bouche et coule dans ma gorge. Je me lèche les lèvres de plaisir. Je suis bronzé et fort quand je prends Ivy dans mes bras et l'embrasse sur la tête. Ses cheveux sont parfumés avec mon shampooing qu'elle aime – cèdre et épices. Je la tiens et je respire son odeur comme si je pouvais l'absorber complètement. Ivy se délecte de mon étreinte, puis me repousse en gloussant quand elle sent mon érection à travers mon short de bain. Elle recule, les yeux espiègles et brillants, agitant son index.

— Oh non, pas encore, me taquine-t-elle, son sourire toujours généreux révélant des dents blanches. Tu vas devoir attendre.

— Je ne veux pas attendre, je réponds. Je veux te baiser tout de suite.

— Si impatient, me réprimande Ivy. Ça ne t'aidera pas.

Je saisis son poignet. — J'ai besoin de toi, je dis. J'ai besoin de toi plus que jamais.

— Eh bien, dit-elle. Tu vas d'abord devoir me regarder.

Ma queue tressaille. — Te regarder ?

Ivy glousse et hoche la tête, puis me pousse vers une chaise longue. — Bois, dit-elle. Tu auras besoin de ton énergie après ça.

Je m'installe dans le siège et regarde Ivy, émerveillé de pouvoir passer du temps avec une créature aussi captivante. — Tu es tellement belle.

Elle balaye le compliment d'un geste, avale son cocktail et appuie sur play sur son téléphone. C'est une chanson que je ne reconnais pas, mais elle a certainement sa place dans une playlist de chambre à coucher.

Ses sourcils s'arquent. — Tu es prêt ?

— Oui, madame, je réponds.

Ivy commence à bouger son corps au rythme de la musique, lentement d'abord, timidement. Puis elle s'implique davantage et ses hanches bougent d'une manière qui me donne envie de la plaquer au sol et de la ravager. Je m'ajuste sur mon siège sans rompre le contact visuel.

Ivy ressent le rythme. Son visage se détend, ses mouvements deviennent plus fluides. Elle apprécie ce moment, mais pas autant que moi. Elle défait le premier bouton et me fait un clin d'œil. Je m'éclaircis la gorge et redresse ma colonne vertébrale. Le bouton suivant, puis le suivant, jusqu'à ce que je voie le galbe de ses seins. Elle me regarde fixement en se caressant, bougeant au rythme de la mélodie aux basses lourdes. Tout mon sang a afflué vers ma queue. Je n'ai aucune chance.

Quatrième, cinquième, sixième bouton, et elle laisse tomber sa légère robe à terre. Elle atterrit dans un froissement. Elle est plus bronzée que je ne me souviens l'avoir jamais vue, et son bikini blanc le met parfaitement en valeur. Elle lève les bras au rythme de la musique et tourne en cercle, montrant chaque angle de son corps parfait.

— Tu es parfaite, je dis. Et je ne parle pas seulement de ton corps.

Elle se mord la lèvre inférieure et sourit. — Tu parles de mon intelligence, alors ?

J'acquiesce. — Ton intelligence, ta chaleur, ta curiosité, ton sens de l'humour. Je suis amoureux de tout ça.

Ivy danse en s'approchant, juste hors de ma portée, et défait lentement le nœud qui libère le haut de son bikini. Il atterrit également sur les carreaux chauds en dessous.

— Et qu'en est-il de ma chatte ? demande-t-elle. Est-ce que tu aimes ma chatte ?

Je ne supporte plus d'attendre. J'attrape son poignet et la tire vers moi avec un grognement. — Ta chatte est ce que j'aime le plus.

Ivy glousse. — Le plus ?

— Le plus, je confirme. C'est la chatte la plus incroyable que j'aie jamais rencontrée.

— Plus incroyable que, disons, ma personnalité étincelante ?

Je fais semblant de réfléchir à la question. — Ce serait serré, mais oui.

— Tu es horrible. Ivy rit mais ne résiste pas quand je lui enlève le bas de son bikini lumineux.

Elle pousse un petit cri de surprise quand je la fais rapidement pivoter sur la chaise longue. Je m'agenouille entre ses jambes.

— Cette chatte, je dis en secouant la tête. Cette chatte est tout.

— Arrête, dit Ivy, tu la rends timide.

— Cette chatte n'est pas timide. C'est une centrale électrique.

Ivy éclate de rire. — Une *centrale électrique* ?

J'acquiesce. — Une centrale de plaisir. Et elle est toute à moi.

Je baisse la tête et embrasse l'intérieur de sa cuisse, caressant sa peau crémeuse avec mes lèvres et ma langue. Plus je m'approche de la *centrale*, plus je suce fort, faisant gémir Ivy. Je serre les dents, me sentant primitif.

— Cette chatte sera toujours à moi, je grogne, en m'y accrochant avec ma bouche avide.

Ivy halète, mais elle ne s'éloigne pas.

— Putain, dit-elle, son souffle entrecoupé de petits halètements. Oui. Elle t'appartient.

Je suce et tourbillonne et plonge ma langue en elle jusqu'à ce que je puisse sentir ses muscles trembler, puis je vais plus fort et plus vite. Ses gémissements me disent qu'elle est au bord du gouffre.

— Jouis pour moi, je traîne, laissant mes mots vibrer sur son clitoris. Je pousse ma langue à l'intérieur une fois de plus et Ivy crie, ses muscles se contractant alors qu'elle se tord de plaisir.

— Putain, Alistair, putain ! gémit-elle, pulsant sur ma langue. Je mords sa cuisse intérieure juste assez fort pour laisser une marque, puis je la prends dans mes bras jusqu'à ce qu'elle cesse de trembler.

CHAPITRE 7
Conneries

IVY

Les instants qui suivent sont obscurs, flous et confus. La voix d'un homme crie des mots à toute vitesse que je ne comprends pas. Une gifle sur mon visage qui ne me fait pas mal parce que je suis engourdie par le froid. Des bavardages chaotiques et des cris pendant que je tousse ce qui semble être des litres d'eau salée, mon corps trem- blant si fort que je crois faire une crise. Des couvertures me recouvrent ; des mains tapent dans mon dos, comme un médecin donnant une fessée à un nouveau-né. Je viens effectivement de renaître.

On me soulève et me porte, encore dégoulinante, dans un tuk-tuk. Une mini boule disco pend du plafond du véhicule et je suis fascinée par elle. Dans mes pensées confuses, je me dis que je suis peut-être morte, et que cette boule disco est le signe que je me trouve dans un paradis étrange et vibrant. Une ambulance disco. Mes sauveurs continuent à me parler en thaï précipité. Des pensées me viennent, brèves et embrouillées :

Ils sentent le poisson.

Il y avait un bateau.

Ont-ils entendu mon cri ?

Ce sont des pêcheurs.

Ils sont aussi trempés.

Ils m'ont sauvé la vie.

J'ai besoin de connaître leurs noms.

Alistair les récompensera.

Si Alistair est vivant.

Je dois m'évanouir dans le tuk-tuk car la chose suivante dont je me souviens, c'est les pêcheurs qui crient après le personnel d'accueil dans une salle d'urgence d'hôpital immaculée. Sommes-nous toujours sur l'île ? Nous devons l'être. Je ne savais pas qu'il y avait un hôpital à Koh Samui, mais nous y voilà. Je chancelle et manque de tomber, mais les hommes tirent mon corps mou comme des nouilles cuites pour m'empêcher de m'écraser face contre terre. Nous laissons des flaques d'eau sur le sol impeccable, mais personne ne semble s'en soucier. Un brancard arrive, on m'aide à m'y allonger et on m'y maintient. Les pêcheurs me tapotent comme pour dire *Ça va aller maintenant.*

— Merci. Ça sort comme un sanglot. *Kob kun khrap. Kob kun khrap.*

Ils balaient mes remerciements d'un geste, comme si

c'était une routine quotidienne. Je me demande combien de fois ils doivent sortir leur bateau au milieu de la nuit pour sauver des touristes malchanceux.

— Nom ? je demande. Noms ? Mais ils ne comprennent pas. Avant que je puisse redemander, les murs se mettent à bouger et les lumières du plafond clignotent. Les infirmières me roulent au loin.

Il y a une nouvelle agitation frénétique avec le personnel médical qui me colle des électrodes et me met un masque à oxygène sur le visage. L'air pur et frais siffle dans mon nez et ma bouche. On découpe mes vêtements mouillés, et une couverture chauffante est placée sur moi, suivie d'une couverture de survie argentée qui crépite. Perfusion. Liquides. Tensiomètre. Ils vérifient la réaction de mes iris à leur lampe-stylo et froncent les sourcils devant ce qu'ils observent. Je sens la chaleur commencer à se répandre dans mon torse. Je m'y abandonne et m'évanouis à nouveau.

Quand je reviens à moi, l'agitation frénétique est terminée, et je suis dans une chambre calme avec un seul infirmier qui me surveille. Quand il voit que j'ouvre les yeux, il hoche la tête et passe un appel. Ce qui semble être à peine quelques secondes plus tard, un homme fait irruption par la porte. Pendant un instant, je pense que ça doit être Alistair, et mon cœur s'envole.

— Ivy ! s'exclame Henderson.

Pas Alistair.

Une fraction de seconde de déception écrasante est

suivie par un intense soulagement et de la gratitude de voir un visage familier.

— Henderson, je croasse, et les larmes coulent sur mes joues. Est-ce qu'Alistair... est vivant ? La question à elle seule me fait frissonner de chagrin.

— Hé, dit-il, exprimant son inquiétude. Il prend ma main et s'assoit au bord du lit. Je ne l'ai jamais vu aussi doucement gentil. Hé, hé, hé. Ne pleure pas.

Le fait qu'il ne réponde pas immédiatement « Oui » me fait pleurer encore plus fort.

— Dis-moi, je le supplie. J'ai besoin de savoir.

Sa voix est douce. — Nous ne savons pas.

Mes larmes ruissellent. Comment est-ce possible ?

— Ne pleure pas, dit-il en serrant ma main. Il ira bien.

— Tu n'en sais rien.

— Il ira bien. Alistair est un survivant. Il est plus coriace que n'importe qui que je connaisse.

— Tu n'as pas vu ce que j'ai vu, je pleure.

Le front de Henderson se plisse. — Tu dois me dire ce qui s'est passé.

— Elle lui a tiré dessus, je pleure. Enfin, son sbire l'a fait. Deux fois.

Son visage blêmit. — Il a pu rater.

Je secoue la tête, les larmes dégoulinant du bout de mon nez. — Il est tombé. Ce n'était pas du cinéma.

— Un gilet pare-balles, alors, dit Henderson.

— Sur un yacht de fête ? je dis, la voix brisée. Je tremble d'émotion. Non.

Il est tout aussi désespéré de croire qu'Alistair est vivant. J'ai une sensation collante et paniquée. J'étais désespérée de penser qu'il saurait exactement quoi faire dans cette situation, mais il est assis là avec de la douleur dans les yeux, semblant aussi perdu que je me sens.

— Les gens survivent à des blessures par balle tout le temps, m'assure-t-il, ou peut-être essaie-t-il de s'en convaincre lui-même.

— Oui, j'en conviens. Peut-être pas *tout le temps*, mais j'admets ce point. Comme tu dis, c'est un survivant.

— Et nous n'avons pas trouvé... nous n'avons pas trouvé son... *corps*. Donc c'est bon signe.

Son corps.

J'ai envie de hurler. Comment est-ce possible ? Je me couvre le visage de mes mains, espérant que tout disparaîtra. Henderson se frotte la nuque, puis me regarde dans les yeux. — Je n'abandonnerai pas l'espoir si tu ne l'abandonnes pas non plus.

Oh, pauvre Henderson. Je l'imagine petit enfant dans un hôpital comme celui-ci, apprenant que son père et son meilleur ami avaient été tués. Comment peut-on guérir de ça ? Je pleure plus fort. Pour le petit Henderson – pour une vie sans l'amour de son père – et pour Alistair, l'amour de ma vie. Il ne peut pas être mort. Je ne le croirai pas.

— Nous devons le retrouver, je dis.

L'expression de Henderson change, et sa concentration aiguë revient. — Nous sommes dessus. L'équipe cherche. Aucun signe de lui sur le yacht ou dans l'océan – pas de sang non plus. Personne correspondant à sa description dans aucun des hôpitaux.

— Il y en a plus d'un sur l'île ?

Les lèvres de Henderson s'incurvent en un presque-sourire. C'est une vision bienvenue. — Oui. Il se trouve que j'ai visité chacun d'eux en vous cherchant tous les deux.

— Merci, je dis. Merci de toujours prendre soin de nous.

Son expression s'assombrit à nouveau. — J'aurais dû être sur ce yacht. L'hôte n'autorisait pas les gardes du corps.

— Ouais, ça aurait été... gênant.

Ses yeux brûlent dans les miens. — Je m'en fous. Mon seul travail est de protéger Alistair, et maintenant il a disparu.

— Sans que ce soit de ta faute, je dis.

Les muscles de sa mâchoire ondulent alors qu'il serre les dents, traversant sa colère. — Si seulement c'était vrai.

— Que faisons-nous maintenant ? je demande à Henderson, balayant mes couvertures, prête à me lever.

— Oh, non, non, non. Il secoue la tête. Tu ne fais rien. Tu es censée te reposer.

— *Me reposer* ? je demande, bouche ouverte comme un poisson rouge. Tu te fous de moi ?

— Euh... Les yeux de Henderson se plissent. Ivy, je ne crois pas que tu réalises à quel point tu étais proche de mourir là-bas.

— Si, je réponds. J'ai vraiment cru que c'était la fin. J'ai même entendu des voix et tout. Mais maintenant je vais bien. Je viens avec toi.

— Je doute que ton médecin le permette.

Je jette mes jambes par-dessus le bord du lit. — C'est d'Alistair qu'on devrait s'inquiéter. Moi, je vais bien.

— Euh... il fait un geste vers les appareils médicaux qui bipent à côté de mon lit. Tu es branchée à toutes sortes de choses là. Elles ont l'air plutôt importantes.

— Des conneries, je réponds. Je vais bien.

Je me lève – ou plutôt, j'essaie de me lever – et mes genoux lâchent instantanément, entraînant mon pied à perfusion dans ma chute. Henderson se précipite en avant, me rattrapant juste avant que je ne tombe face contre terre, et attrape le pied avant qu'il ne me frappe.

Toujours aimable, il ne dit pas « Je te l'avais dit », mais m'aide plutôt à retourner dans le lit d'hôpital et me recouvre à nouveau des couvertures.

Je le remercie timidement, retenant des larmes de frustration.

— Je comprends, murmure-t-il. Tu veux aider. Mais je te promets que nous faisons absolument tout ce que nous pouvons pour le retrouver. Alistair voudrait que tu récupères correctement, non ?

J'essuie mes larmes, avale la boule dans ma gorge et hoche la tête.

— Tu dois te concentrer sur la récupération de tes forces pour que, lorsque nous aurons besoin de toi, tu sois prête à aider. D'accord ?

Je hoche à nouveau la tête. Je meurs toujours d'envie de quitter l'hôpital pour chercher Alistair, mais je sais que je ne réfléchis pas clairement. Je sais que Henderson a raison.

— Où penses-tu qu'il soit ? je murmure.

Henderson soupire. — Je pense qu'ils l'ont.

CHAPITRE 8

Sol Sale

ALISTAIR

Je me réveille avec une érection douloureuse. Mes rêves d'Ivy sont si réalistes que je peux presque la sentir. Mon Dieu, je peux presque la goûter. Elle m'emmène loin de cette sombre prison vers un endroit rempli de lumière et de plaisir. Je soupire profondément, me demandant si j'aurai jamais la chance de l'embrasser à nouveau. J'ai abandonné l'idée d'arracher le grillage du mur. C'était de l'optimisme aveugle de penser que je pourrais le déplacer sans outil. Mes doigts sont en lambeaux à force d'essayer, et ça n'a presque rien changé. Je vais utiliser l'énergie qu'Ivy me donne pour une cause plus productive, quelque chose qui m'aidera vraiment à sortir d'ici.

Le sous-sol fait douze mètres sur huit. Des murs en béton tachetés de marques d'humidité — des zones sombres qui s'étendent comme l'éruption d'une maladie tropicale. L'obscurité constante adoucit les contours agressifs de ma cellule.

Ivy. Son souvenir traverse la pénombre plus vivement que n'importe quelle lumière. La façon dont elle glisse ses cheveux derrière son oreille, ce petit rire qui signifie toujours quelque chose de plus. Pas seulement un souvenir — une bouée de sauvetage.

Je me roule sur le sol sale.

Douze pompes. Douze squats. Chaque mouvement délibéré. J'utilise le poteau noir pour faire des tractions. Dix, vingt, trente. Mon corps se rappelle comment être fort, comment survivre.

Les Russes pensent qu'ils m'ont brisé. Ils ne comprennent pas. Chaque moment passé ici me rapproche un peu plus d'elle. Cet espace n'est qu'un autre problème à résoudre, un autre obstacle entre Ivy et moi.

Des sons ambiants filtrent à travers : des moteurs de motos au loin, des voix étouffées en thaï. Le couinement des rats qui me fait frissonner. Le sol est solide sous moi — du béton piqué jonché de moutons de poussière et d'éclats de peinture. Chaque fois que j'ai envie d'abandonner, j'imagine le visage d'Ivy. J'imagine le petit Alex. Je passe aux tractions. La prochaine fois que ces connards de Russes entreront ici, je serai prêt.

CHAPITRE 9
N'ose même pas mourir, bordel

C'est trente-deux heures plus tard que je me réveille. Je ne sais pas si c'est l'épuisement total qui m'a assommée, ou si Henderson a demandé au médecin de glisser un léger sédatif dans ma perfusion pour m'empêcher de m'échapper. Mes yeux semblent collés ; ma gorge est complètement desséchée. J'ouvre péniblement un œil pour chercher de l'eau, tends la main vers elle et l'avale d'un trait. Le soulagement est immédiat. Je fais tourner l'eau dans ma bouche. Elle est fraîche et délicieuse. Quand je me redresse enfin, la pièce est méconnaissable. Chaque recoin déborde de fleurs, de fruits tropicaux, de bouteilles de champagne et de boîtes de chocolats. Mon cœur fait un bond. Alistair ? Seul Alistair serait responsable d'une telle profusion. Mon cœur s'accélère – j'ai l'impression qu'il bat tout en haut de ma poitrine, rapide et furieux. Serait-ce possible ?

Je cligne rapidement des yeux, essayant de dissiper le flou dans ma vision. Il y aura une carte, forcément. Je vais trouver une carte avec le nom d'Alistair dessus. Cette fois, je sors du lit aussi lentement que possible, malgré mon excitation. Mes genoux menacent de céder à nouveau, mais je les supplie de me soutenir juste assez longtemps pour chercher la carte. Je fais rouler mon support de perfusion avec moi vers un énorme pot d'orchidées et j'arrache la carte de sa base, cherchant un seul mot. Il n'y est pas.

Chère Ivy

Nous avons été si désolés d'apprendre l'incident.

Nous sommes en route et serons bientôt à vos côtés.

Soyez assurée que nous ferons tout ce qui est en notre pouvoir pour retrouver Alistair.

En attendant, vous devez vous concentrer uniquement sur votre rétablissement.

Vous êtes un membre précieux de notre famille, et Alistair ainsi que bébé Alex auront besoin de vous en pleine santé.

Sincèrement, Les Ravenscroft

Les mots manuscrits flottent et n'ont pas beaucoup de sens. Le mot que je cherche n'apparaît pas au bon endroit, et mon moral s'effondre. Je cherche une autre carte, soupçonnant que j'ai déjà ma réponse, mais refusant de l'accepter. Je vais vers le champagne. C'est plus le style d'Alistair.

St Ives, C'EST QUOI CE BORDEL.

J'arrive.

N'ose même pas mourir, bordel.

Je t'aime

Becks

Je laisse échapper un rire sans joie. *N'ose même pas mourir, bordel.* Si seulement Becks savait que c'est elle qui m'a tirée de l'abîme d'eau salée. Ça fera une bonne histoire un jour, quand nous partagerons cette bouteille, mais pour l'instant, c'est un coup de poing dans l'estomac, confirmant qu'Alistair est toujours porté disparu.

Il y a aussi des fleurs de ma famille, y compris un personnage Pokémon de la boutique de l'hôpital de la part de Jamie qui me fait penser à l'écureuil géant qu'Alistair lui a acheté, et mes yeux s'emplissent de larmes. Je prends le jouet dans mon lit et sanglote dans son doux tissu jaune. Il semble que je serai bientôt entourée de gens, mais là, maintenant, je me sens plus triste et seule que je ne l'ai jamais été. Je secoue la tête, laissant les sanglots envahir tout mon corps.

Comment en sommes-nous arrivés là ? Comment les choses ont-elles pu devenir si terribles, si rapidement ? Mon cœur me fait tellement mal qu'il menace de m'étouffer alors que je m'abandonne complètement au désespoir.

CHAPITRE 10
Mantra

ALISTAIR

J'ai perdu la notion du temps. Les jours se fondent en une membrane sombre et continue. Je ne sais plus si je suis ici depuis des heures ou des jours. Il fait toujours sombre, à l'exception de la minuscule quantité de lumière que laisse filtrer l'écran. Du béton partout. Toujours du béton. De minuscules fractures, comme des lits de rivières asséchées, s'étendent sur sa surface.

La pièce sent la sueur rance et la moisissure, avec une odeur chimique sous-jacente – quelque chose d'industriel. Eau de Javel. Diesel. Ma propre odeur corporelle se superpose à tout ça, âcre et aigre. L'air est épais, presque visqueux, pressant contre ma peau avec une humidité tropicale. La condensation perle sur les murs, traçant des chemins lents.

Ma nourriture arrive par une petite trappe – à peine

assez large pour y glisser un plateau métallique. Du riz. Une protéine non identifiable. Fade. Calculé. Au début, je l'ai refusée, mais maintenant que je m'entraîne, j'ai besoin de carburant. Le plateau métallique est rayé, cabossé. L'histoire de quelqu'un d'autre incrustée dans sa surface.

Mes ravisseurs refusent de me dire ce qu'ils attendent de moi ou s'ils ont déjà contacté ma famille. Je suppose que la rançon sera conséquente. Si c'était uniquement une question de vengeance, je ne serais plus en vie, donc je mise sur un généreux paquet de rançon. J'espère juste que Christopher ne fera rien de stupide. Mère le tiendra en laisse. J'espère.

Et Ivy ? Ivy que j'ai poussée dans la mer. Elle doit être furieuse contre moi. Elle a intérêt à l'être. Je peux l'encaisser. Une Ivy furieuse est une Ivy qui respire.

Elle est vivante, je me répète sans cesse. *Elle est vivante. Elle est vivante.*

C'est le mantra qui me maintient sain d'esprit.

Ou suffisamment sain d'esprit, en tout cas, pour planifier mon évasion.

CHAPITRE 11
Noah

IVY

La porte s'ouvre doucement, et je lève les yeux, désespérée de voir un visage familier. Quand je vois que c'est ma meilleure amie, je m'effondre.

— Oh ! s'exclame Becks quand elle me voit. Oh, pauvre, pauvre Ivy. Sa bouche est ouverte, tout comme ses bras alors qu'elle m'enveloppe. Oh, ma pauvre amie. Qu'est-ce qu'ils t'ont fait ?

Elle s'assied sur mon lit pendant qu'elle me serre dans ses bras, me laissant pleurer sur son épaule.

— Ça va, je murmure, mon souffle tremblant racontant une histoire différente. Ça va. Je suis juste morte d'inquiétude pour Alistair.

— Bien sûr que tu l'es.

— Et s'il était mort, Becks ? Et s'ils l'avaient tué ?

— On parle d'Alistair, dit-elle. Personne ne tue Alistair. Il est, genre, le personnage principal d'un film d'action. Celui qui ne meurt jamais. Celui qu'ils veulent te faire croire qu'il est mort, mais qui réapparaît avec juste quelques égratignures.

— Invincible, dis-je.

Elle me tape le bras.

— Exactement ! Désolée, c'était trop fort ? Tu es blessée ?

Je secoue la tête.

— Pas blessée. Mais j'ai vu ma vie défiler devant mes yeux pendant que je me noyais.

— J'espère bien avoir fait partie de ton best-of, dit Becks.

— Bien sûr que tu y étais. Tu *étais* mon best-of. En plus, j'ai eu ce moment surréaliste de révélation divine quand j'avais abandonné, et tu me bottais les fesses pour que je nage jusqu'au rivage.

— Donc... en gros, je t'ai sauvé la vie.

— En gros, oui.

— Tu me dois un dîner chic, alors.

— On pourra boire le champagne, dis-je.

Je veux plaisanter avec elle, mais je me sens sombre à l'intérieur ; comme s'il y avait un trou noir qui aspirait toute émotion positive.

— Quand est-ce que tu sors d'ici ?

Je hausse les épaules.

— J'ai dormi. Je n'ai pas encore parlé à un médecin.

— N'en dis pas plus, annonce Becks. Je vais recueillir

les informations pour ta sortie et t'emmener quelque part de sympa pour boire du champagne. Elle s'éclaircit la gorge. Je veux dire, pour *récupérer*.

— Les deux ne sont pas mutuellement exclusifs, je réponds.

— Voilà ma fille, dit Becks, en serrant mon genou. Souhaite-moi bonne chance quand je parlerai aux médecins. Le seul thaï que je connais, je l'ai appris dans ce salon de massage louche à Brighton.

— Mieux vaut parler anglais, alors ? je suggère.

— Absurde ! Où serait le plaisir ? Elle me fait un clin d'œil et se déplace pour quitter la chambre. C'est alors que je remarque l'homme debout à la porte comme s'il avait été là tout le temps.

— Oh ! s'exclame Becks, se retournant vers moi, un sourire d'écolière sur le visage. Voici Noah.

Je cligne des yeux, confuse.

— Noah ?

Je fouille ma mémoire pour trouver quoi que ce soit sur un Noah, et je fais chou blanc.

— Ne sois pas fâchée. Je te l'ai caché. Je ne voulais pas te voler la vedette avec ton milliardaire. Ça fait un mois qu'on est ensemble.

— Un *mois* ? je répète. C'est très inhabituel. D'abord, qu'elle me cache un amant. Ensuite, qu'elle soit avec lui depuis un mois. Personne ne reste aussi longtemps dans le lit de Becks. Troisièmement, que fait-il en Thaïlande ?

Une autre raison pour laquelle je suis confuse, c'est parce que je vois la façon dont elle regarde Henderson, et ce n'est pas un regard platonique.

— D'accord, dis-je. Félicitations ?

— Je te raconterai tout quand je reviendrai, fait-elle avec un clin d'œil. En attendant, je vais me renseigner pour ta sortie.

— Eh bien, je soupire après que Becks quitte la chambre. Ce n'est pas du tout gênant.

Noah rit et s'approche pour me serrer la main.

— Ravi de vous rencontrer enfin. Comme vous pouvez l'imaginer, Becks m'a tellement parlé de vous.

— Encore une fois, pas du tout gênant, je réponds, cette fois avec un sourire. Vous êtes vraiment ensemble depuis si longtemps ?

— Oui, acquiesce-t-il, glissant ses mains dans ses poches. Et je ne vais pas la laisser partir. Becks est formidable.

— Nous avons déjà un point commun, alors, dis-je.

Je ressens un sentiment distinct de malaise. Je ne veux me concentrer sur rien d'autre que retrouver Alistair, mais je suis dans une chambre remplie de fleurs avec un étranger qui sourit comme si c'était un jour ordinaire, une présentation ordinaire.

— Vous allez bien ? demande Noah.

Est-ce que je le regardais de travers ? Je ne sais pas, je m'en fiche. Je dois sortir d'ici.

— Non, je réponds. Je ne vais pas bien. Je dois sortir d'ici.

— Je suis sûr que Becks va s'en occuper, m'assure-t-il. Elle a le don de faire avancer les choses.

Je retire soigneusement la perfusion. C'est un soulagement d'en être libérée. Je regarde ma frêle blouse d'hôpital et me souviens vaguement du personnel d'urgence qui a découpé mes vêtements mouillés.

— Oh, dit Noah, nous avons apporté ceci. Il tient un petit sac à dos bien rangé.

Je cligne des yeux, attendant qu'il s'explique.

— Des vêtements, lâche-t-il. Un vieux jean et un T-shirt. Des tongs. Et une brosse à dents. En bambou. Becks a insisté.

Je le remercie et emporte le sac à dos dans la salle de bain pour me changer. Mes genoux fonctionnent à nouveau, Dieu merci, au lieu d'être des charnières en gelée.

— Je peux ranger pendant que vous vous changez, si vous voulez, dit Noah, faisant un geste vers les montagnes de fleurs dans la pièce. Bien que... vous aurez peut-être besoin de louer un vrai camion pour transporter cette jungle.

Il essaie d'être gentil, d'alléger l'atmosphère, mais je n'arrive pas à rire. Même mon côté qui veut plaire aux autres ne peut forcer l'ombre d'un sourire. Je ferme la porte de la salle de bain et enfile le jean déchiré et le t-shirt. Quand j'ouvre à nouveau la porte, Becks est de retour.

— Alooooors, dit-elle en se glissant vers moi. Bien qu'ils n'aient pas *vraiment* approuvé ma demande de te faire sortir d'ici, ils ont dit que tu ne mourrais probablement pas si je t'emmenais quelque part où tu pourrais te reposer et boire beaucoup de liquides.

Leurs deux visages scrutent le mien, attendant une réponse.

Je hoche la tête.

— Ça me semble suffisant.

— Aussi, ajoute Becks, ça aide probablement que ta facture d'hôpital ait été payée intégralement, et même plus.

Je fais une rapide prière silencieuse à la Mère des Corbeaux. *Merci, Isobel*.

— En parlant de factures, dis-je. Fais-moi savoir ce que je te dois pour être venue jusqu'ici.

— Oh, ne t'inquiète pas pour ça, dit Noah, j'étais heureux de payer. Je n'ai jamais été en Thaïlande auparavant, et j'avais des tonnes de miles aériens.

Becks sourit. Elle a ce regard bizarre et doux dans les yeux que je ne suis pas sûre d'aimer. Je veux vérifier cet homme avant qu'elle ne s'attache, mais il semble que je sois trop tard.

CHAPITRE 12
Papa

ALISTAIR

L'odeur du béton et de la moisissure, le relent métallique de sueur rance. Ma respiration résonne dans l'espace confiné, un son rythmique qui accompagne mes mouvements. Mes muscles me font mal, mais cela ne m'arrête pas. Chaque fois que j'atteins l'échec, je me pousse à faire une répétition de plus. Toujours une de plus. Ivy me fait traverser la douleur, la faim, l'ennui. Son amour me maintient en vie. Je ne me permets pas de m'inquiéter pour elle ; penser qu'elle pourrait être blessée ou souffrir me détruit l'âme. J'érige des murs d'acier de dix-huit centimètres d'épaisseur dans mon esprit dès qu'une pensée anxieuse s'approche. Le déni est mon meilleur ami ici. Le déni me rend fort. Le déni me permet de croire à une réalité ultime où Ivy est en bonne santé et s'épanouit, montrant au monde à quel point elle est incroyable. Et je serai là, à ses côtés, pour la soutenir, l'aimer, l'adorer de toutes les façons possibles.

Un souvenir se matérialise avec une douloureuse clarté : Bébé Alex, ses joues rondes et rosées, souriant avec une joie pure et débordante. Heureux et bondissant, levant ses bras vers moi quand j'entre dans la pièce. Il apprend ses premiers mots.

— Papa, dit-il. Haut.

Sa voix est une promesse. Mon cœur s'épanouit.

Maintenant Ivy porte cette robe d'été et tournoie dans l'air doré et chaud, riant et m'appelant. Son rire traverse le silence oppressant du sous-sol. Je prends Alex, et nous nous étreignons, nous balançant dans le soleil qui n'existe que dans mon esprit.

Je soupire profondément. Cela arrivera. Je ferai en sorte que cela arrive.

Je prends position et j'attends. Muscles tendus. Esprit aiguisé. Prêt.

CHAPITRE 13

Deux Allumettes Non Craquées

IVY

En sortant, Noah attrape la bouteille de champagne et je prends le Pokémon de Jamie pour le glisser dans le sac à dos. Je donne quelques boîtes de chocolats à Becks, ce qui lui vaut un large sourire. J'espère que le personnel appréciera le reste des cadeaux et des fleurs.

L'air à l'extérieur de l'hôpital est chaud et humide, tellement différent de l'air frais et désinfecté que je respirais à l'intérieur. Le soleil réchauffe ma peau, et je sens qu'il fait fondre une partie de la tension dans mon corps. Un sentiment de calme m'envahit.

Tout ira bien, me dis-je. *Nous retrouverons Alistair et tout ira bien.*

— Je dois prévenir Henderson, dis-je à Becks. Il va paniquer s'il trouve la chambre d'hôpital vide.

Elle sourit. — C'est déjà fait !

— Je suppose qu'il est furieux contre moi ?

— Contre *nous*, oui. Mais je lui ai promis que je prendrais bien soin de toi. Que je ne te laisserais pas sortir tant que tu n'irais pas mieux.

— Je vais *déjà* mieux, je réponds. Mes genoux me soutiennent maintenant. La dernière fois qu'Henderson m'a vue, j'ai failli perdre mes dents de devant.

— Pas très joli, répond-elle. Je comprends pourquoi il a insisté pour que tu restes.

Je soupire. — Il va me détester pour ça.

— Il me détestera encore plus, répond Becks.

Elle a probablement raison. Ces deux-là ont définitivement une alchimie. Quand ils sont dans une pièce ensemble, ils sont comme deux allumettes non craquées.

Nous montons dans un taxi à la peinture défraîchie. Noah essaie de m'aider à entrer dans la voiture, mais je l'écarte d'un geste. Je suis certaine que c'est un type charmant, mais je trouve sa présence superflue. Je suis anxieuse et irritable, et je veux juste savoir qu'Alistair est sain et sauf. Mon dédain ne passe pas inaperçu, mais Becks — assez gracieusement, je dois l'admettre — garde ses sentiments pour elle tandis que le chauffeur démarre.

L'hôtel est bon marché mais agréable, et situé juste en face de la plage. Parfait. La dernière chose que je veuille en ce moment, c'est du luxe. Ça ne me semblerait pas juste. Je meurs d'envie de sortir et de chercher Alistair, mais je n'ai aucune idée par où commencer. De plus, Becks ne me quitte pas des yeux.

— Ne me fais pas regretter de t'avoir fait évader de l'hôpital, me prévient-elle en agitant son doigt aux ongles écaillés.

— Oui, madame, je réponds, l'air convenablement réprimandée.

Noah commande un service d'étage — curry de noix de coco et un plateau de fruits — et nous les emportons sur la petite terrasse en bois. Je leur raconte ce qui s'est passé sur le yacht, et Becks pâlit en entendant le rebondissement.

— Excuse-moi, est-ce que j'ai bien entendu ? Monsieur Plein-aux-as t'a poussée par-dessus bord d'un putain de yacht de luxe ?

— Il a probablement sauvé ta vie, dit Noah.

Elle lui lance un regard noir. — Elle a failli se *noyer*, bordel.

Il hausse les épaules. — Mieux que de se faire tirer dessus par un assassin russe.

Nous n'admettons pas qu'il a raison. Après tout, j'ai réussi à revenir. Pas Alistair.

— Quel est le plan ? demande Becks. Pour le retrouver ?

Je soupire, repoussant la nourriture. Ma gorge est trop serrée pour manger, de toute façon. — Henderson ne m'a donné aucun détail. Il a juste dit qu'ils le retrouveraient.

J'aimerais pouvoir dire que les gens ne disparaissent pas, mais je sais que ce n'est pas vrai. Pas quand la mafia est impliquée.

— Eh bien, soupire Becks. Si quelqu'un peut le retrouver, c'est Henderson. C'est une bromance comme je n'en ai jamais vue.

— Oui, ils ont un passé compliqué.

Noah hoche la tête. — Traumatisme partagé.

J'aimerais qu'il ne parle pas. Je sais que je me comporte comme une garce, mais je ne peux pas m'en empêcher. J'aurais préféré que Becks ne l'amène pas, mais je me souviens ensuite qu'il a payé les vols. C'était super généreux, et je dois me ressaisir. Si elle a vraiment des sentiments pour lui, je dois au moins apprendre à le connaître avant d'avoir une quelconque opinion.

— Tu devrais manger, insiste Becks. Tu auras besoin de forces.

— On dirait ma mère, je réponds.

— Exactement. Ta mère m'a fait promettre de prendre soin de toi. Ce qui me rappelle... elle tend la main vers son sac à main, une sacoche en cuir usé par le temps que j'adore. — Elle m'a donné ça.

Je fronce les sourcils en voyant l'enveloppe. Elle m'est adressée. Quand je la retourne, je vois qu'elle vient de ma banque.

— Pourquoi Maman t'a-t-elle donné ça ?

Becks pince les lèvres. — Je ne sais pas. Elle a dit que c'était important.

— Elle l'a ouverte ?

Becks reste évasive. — C'est *ta* mère, après tout.

— Quelle culot, dis-je en sortant la lettre de l'enveloppe soigneusement déchirée.

Mes yeux s'écarquillent quand je lis le relevé. Mon cœur bat à mes oreilles. — Putain de merde.

— Dis-nous ! insiste Becks. Je sais que ce n'est pas une mauvaise nouvelle parce que ta mère avait cette lueur dans les yeux quand elle me l'a donnée.

— Ce n'est pas une mauvaise nouvelle, je murmure.

— C'est Alistair.

— Qu'est-ce que tu veux dire ?

Je regarde la date. — La semaine dernière. Alistair a remboursé la totalité de mes dettes étudiantes.

— Putain de merde, répète Becks, les yeux écarquillés. C'est incroyable. Tu es libre !

Mes sinus me piquent et mes yeux se remplissent de larmes. Je ne retiens pas mes pleurs disgracieux.

N'importe quel autre jour, j'aurais poussé des cris de joie. Mais je ne suis pas libre. Je suis dévastée. J'ai perdu le premier homme que j'ai vraiment et profondément aimé, et qui m'aimait avec la même passion et intensité.

Becks me tient pendant que je sanglote, et mes larmes trempent son t-shirt.

CHAPITRE 14
Animal en cage

ALISTAIR

Je l'entends arriver. Quand Arkadi ouvre la porte métallique, je suis prêt.

Je me propulse droit sur la porte, la lui envoyant dessus de toutes mes forces. Le plateau de nourriture s'écrase sur le sol en béton, et l'assiette en plastique se brise en deux. Ce monstre d'homme est toujours debout, mais il est plié en deux, les mains agrippant sa tête là où le métal a heurté son crâne. Un sang foncé suinte entre ses doigts tandis qu'il tente de l'essuyer, en grognant. J'ai l'impression qu'il gémit plus de colère que de douleur – vu sa carrure de bête de somme, je ne pense pas que ce type ressente beaucoup la douleur.

L'adrénaline me submerge. Il ne restera pas désorienté longtemps. Je sais que c'est maintenant ou jamais, mais il bloque le passage. Je recule, puis lance un coup de pied circulaire sur la porte. Le métal lourd fera plus de dégâts que mon pied nu. Mais mon angle n'est pas bon, et une douleur fulgurante remonte dans ma jambe sans causer beaucoup plus de dommages à Arkadi.

Il remarque que je recule en boitant ; un animal acculé dans sa cage.

Je me précipite sur l'assiette cassée. Elle est trop fragile. Je saisis plutôt le plateau en inox. Quand Arkadi me lance un coup de poing, je l'intercepte avec mon bouclier improvisé. Le choc envoie des vibrations dans mes bras, ce que j'accueille avec soulagement car c'est nettement préférable à son poing écrasé sur mon visage. Je lui donne un coup de pied dans les couilles et manque de me briser le pied. Il grogne et se jette sur moi, ses grosses pattes manquant de peu de m'attraper à la gorge. Ma cheville est vraiment bousillée maintenant, ce qui va compliquer mon évasion.

Pense à Ivy, me dis-je.

Je me lance sur ce monstre avec une force renouvelée. J'écrase mon poing contre sa mâchoire. Un craquement écœurant résonne au moment de l'impact. Au moins un de mes doigts se brise, mais ça en vaut la peine, car sa mâchoire se déboîte au ralenti – du moins, c'est l'impression que ça me donne. Il crache du sang par terre, puis lève les yeux vers moi. Putain de merde, c'est une montagne de muscles. Il ne me quitte pas des yeux alors qu'il utilise ses deux mains pour remettre sa mâchoire en place avec un craquement humide d'os et de cartilage à vous retourner l'estomac. La violence dans son regard, combinée à ce bruit atroce, me liquéfie les entrailles. Je suis complètement foutu, et nous le savons tous les deux.

Arkadi va me tuer. Je peux le voir à la tension de sa mâchoire. Il va me déchirer membre par membre.

— Attends, dis-je, essayant de gagner du temps.

— *Nyet*, répond-il en se jetant sur moi.

Je parviens à esquiver sa première charge, ce qui ne fait que le rendre plus furieux. Arkadi hurle de rage.

Sa colère pourrait être ma seule issue. Peut-être que le sang qui circule dans ses veines saillantes pour alimenter ses muscles privera son cerveau d'oxygène. J'ai juste besoin d'un moment de distraction pour filer devant lui.

C'est maintenant ou jamais.

D'un mouvement explosif, je me précipite pour contourner son torse massif, mais l'espace est trop étroit, et il est trop rapide. Il m'attrape à la gorge, me fauchant net. Je m'étouffe. L'air complètement coupé, la gorge écrasée, je ne peux que m'effondrer. Je suis dans un vide noir, privé d'oxygène, piégé dans un trou noir, voyant des étoiles. Merde.

Une douleur soudaine dans mon estomac m'indique que j'ai reçu un coup de pied. Je me recroqueville instinctivement pour me protéger, mais les coups continuent. Il y a un goût métallique et chaud dans ma bouche. Je crache le sang et suis récompensé par une botte en plein visage, fracassant ma pommette.

Non. Sa colère ne va pas m'aider à m'échapper. Elle va me tuer.

Je suis recroquevillé en boule sur le sol dur en béton. Quand il ne peut plus atteindre mon ventre avec ses coups de pied, il les dirige vers mes reins, me faisant crier d'agonie.

Une mort lente, alors. La pulvérisation. Coup après coup amer.

Je pense à Mariya, et à toutes les autres vies que j'ai détruites.

C'est ce que je mérite.

Mais Alex ne mérite pas ça – d'être orphelin à nouveau. Ivy ne mérite pas ça. Je dois me relever, sinon je mourrai sur ce sol, loin de chez moi, loin de tous ceux que j'aime.

La respiration rauque dans ma gorge endommagée, j'essaie de me lever. Arkadi me plaque immédiatement au sol. J'entends quelque chose se déboîter avec un craquement humide, mais je ne peux pas dire d'où ça vient. Les signaux de douleur sont comme un chœur délirant sans chef d'orchestre. J'essaie à nouveau, sachant que ça finira dans l'angoisse, mais aussi que je ne peux pas abandonner. Je redresse mon corps brisé, et cette fois Arkadi me laisse faire. Quand j'ouvre les yeux, il me sourit, ses yeux cruels étincelants. C'est bien plus divertissant de frapper quelqu'un debout que de donner des coups de pied à un sac de pommes de terre au sol. Il serre sa grosse paluche en poing. Je sais que ce sera le coup qui y mettra fin ; un coup de poing qui me brisera la nuque pour abréger mes souffrances, et je ne peux rien faire pour l'arrêter.

Vaincu, je ferme les yeux. La dernière prière d'un athée. J'attends la fin, mais j'entends plutôt parler un ange. Un ange avec un accent tout droit sorti de Moscou.

— Arkadi, le réprimande Anja dans un dangereux murmure. Tu *sais* que nous avons besoin de lui vivant.

CHAPITRE 15

Il n'est pas mort

IVY

Noah s'excuse pour aller courir. Je ne lui en veux pas, je suis complètement bouleversée.

— Excellent, dit Becks après son départ. Elle se frotte les mains. Maintenant on peut tout se raconter.

Je n'ai rien à raconter. Je suis vidée de tout sauf de chagrin et d'inquiétude. Elle va chercher du vin rouge et deux verres à pied.

— Je suis désolée de ne pas avoir été très aimable avec Noah, dis-je. Tout est simplement trop lourd en ce moment.

— Tu n'as pas à t'inquiéter pour Noah, répond Becks. C'est un homme adulte qui a du recul. Il n'attend rien de toi. Nous sommes là pour te soutenir.

— Merci, je réponds. Je n'arrive pas à croire que vous soyez venus jusqu'ici.

— Tu plaisantes ? s'exclame-t-elle. On t'a retrouvée à moitié noyée dans un pays étranger. L'homme qui était censé s'occuper de toi a disparu. Il n'existe aucune réalité dans laquelle je *ne serais pas* venue.

— J'oublie constamment ce détail ; la noyade. Je ne pense qu'à Alistair. Tu crois qu'il est vivant ?

— Ce que je pense n'a pas d'importance, hausse les épaules Becks. Mais oui, je suppose qu'il est vivant. Puisqu'ils n'ont pas trouvé de preuve du contraire.

Preuve.

Elle veut dire un cadavre.

Mais je ne peux même pas imaginer Alistair comme ça. La peau pâle, les yeux sans vie.

Je secoue la tête.

Il n'est pas mort.

Il n'est pas mort.

Il n'est pas mort.

— Oui, j'acquiesce. Je vais croire qu'il est vivant jusqu'à preuve du contraire.

— C'est la seule façon de rester saine d'esprit, dit Becks.

Je prends une longue gorgée de vin. — Oui.

Nous restons assises dans un silence amical pendant un moment, regardant les étoiles, perdues dans nos pensées.

— Je veux partir à sa recherche, j'avoue.

Becks pose son verre. — Bien sûr. Et s'il y avait la

moindre chance que tu le retrouves, je ne te blâmerais pas d'essayer.

Je pense à Henderson qui est là-bas, essayant de retrouver son ami de toujours. — Tu as prévenu Henderson que tu m'as fait sortir de l'hôpital ?

Becks fait une grimace. — Pas vraiment. Je ne voulais pas qu'il...

— Il faut qu'on lui dise, dis-je.

— J'ai demandé au personnel de l'hôpital de le lui faire savoir la prochaine fois qu'il appellerait pour avoir de tes nouvelles. Je pensais que ça nous donnerait un peu de temps avant qu'il ne m'explose à la figure.

— Ouais, il ne va pas être content.

— Henderson peut bouder autant qu'il veut. Son travail, c'est de s'occuper de son ami, et le mien, c'est de m'occuper de toi.

— Merci.

Becks me frotte le bras. — Personne ne devrait avoir à traverser ce que tu as vécu ces dernières semaines. C'est ridicule.

— Je commençais tout juste à me remettre du SSPT de l'incident avec Jeff, dis-je. Et maintenant, ça.

— Putain. Heureusement que tu peux te payer un thérapeute.

— Voilà un point positif, dis-je en levant mon verre vers elle.

J'aimerais pouvoir me détendre dans ce moment ensemble, j'aimerais pouvoir être paisible et calme ne serait-ce qu'un instant, mais mon corps est en état d'alerte : cœur battant, pensées tourbillonnantes, estomac noué. Je ne pourrai pas me détendre tant qu'ils n'auront pas retrouvé Alistair.

Le téléphone de Becks sonne. — Ah, dit-elle. Les Ravenscroft sont en Thaïlande. Ils viennent d'atterrir.

— Et comment tu sais ça ?

— J'ai des yeux partout, plaisante-t-elle. Ou du moins, je crois qu'elle plaisante.

Nous restons silencieuses un moment, nos yeux fouillant le ciel nocturne à la recherche de réponses qu'il ne peut révéler.

— Ça en vaut la peine ? demande Becks.

— Qu'est-ce qui en vaut la peine ?

— Tout ce traumatisme. Le danger. Le sexe est vraiment si bon que ça ?

Je voudrais répondre que ce n'est pas une question de sexe, mais ce n'est pas tout à fait vrai. Le sexe est une part énorme de notre attirance mutuelle. Comment pourrait-il en être autrement ? C'est incroyable, époustouflant, transformateur. Mais au fond, je sais que je ne suis pas amoureuse du sexe. Je suis amoureuse d'Alistair.

— La réponse courte est oui, je réponds.

Becks hausse les sourcils. — Wow.

— Cette relation avec Alistair a bouleversé ma vie. Elle m'a changée à tous les niveaux. Je me tourne vers Becks. Je me sens plus puissante, maintenant. Comme si j'avais plus de contrôle sur ma vie. Je peux aller chercher ce que je veux. Je ne me suis jamais sentie comme ça avant.

— Comment te sentais-tu avant ?

— Comme une petite fille perdue. Une enfant sans expérience dans... quoi que ce soit, vraiment. Sans pouvoir. Comme si j'étais à la merci du monde. Maintenant je sens que je peux changer le monde.

Becks hoche la tête. — Le pouvoir est enivrant. Ajoute à cela des orgasmes bouleversants, et c'est la recette pour...

— Pour quoi ? je demande.

Elle secoue la tête. — Je ne sais pas. L'obsession ?

Je pense au corps d'Alistair, à son rire, à ses yeux. — Oh, je suis définitivement obsédée. Heureusement, ça semble être réciproque.

CHAPITRE 16
Le chat de Schrödinger

ALISTAIR

Le sommeil ne vient pas facilement. Chaque fois que je me retourne, mon corps hurle de douleur. Mon cerveau embrumé rêve d'Ivy ; de sa douceur, sa joie, la sensation de propreté de sa peau sous la douche. Dieu, ce que je ne donnerais pas pour une douche chaude.

Je ne perds pas de temps à m'apitoyer sur mon sort. Les blessures guériront. La mission reste la même : me tirer de là dès que possible.

La porte grince, laissant filtrer un mince filet de lumière de la pièce voisine. Mes muscles se tendent par réflexe, ce qui me fait un mal de chien. Est-ce Arkadi qui revient terminer ce qu'il a commencé ? Je n'ai pas la force de me défendre.

Non, c'est Anya. Elle entre silencieusement, balan-çant ses hanches, sentant le Baccarat Rouge. Sa robe droite crème et or scintille. Encore une fois, je la vois comme un ange — elle est pâle, propre et d'apparence coûteuse — alors que je ne suis que sang séché, saleté et crasse. Nous sommes parfaitement contrastés. Elle s'approche de moi, son nez se plissant face à mon état, et me tend une bouteille d'eau fraîche. Sans la remercier, je m'en empare et la vide d'un trait, sans me soucier de la rationner.

— Pauvre homme, ronronne-t-elle.

Je n'ai pas besoin de sa pitié. Je reste silencieux.

— Arkadi n'aurait pas dû vous faire ça.

Je tressaille quand elle touche ma joue avec quelque chose de froid. Je suis presque certain que l'os est fracturé, si ce n'est pire.

— Chut. Tout va bien. Laissez-moi vous nettoyer un peu.

Je me détourne. Je ne veux pas qu'elle touche une quelconque partie de moi — je ne veux pas que sa malveillance s'infiltre en moi — mais nous savons tous les deux qu'elle est aux commandes.

Pourtant, je résiste, et je vois les muscles de sa mâchoire se crisper.

Elle force un sourire. — Si vous êtes sage, je vous donnerai les analgésiques que j'ai apportés.

C'est un marché que je peux accepter. Je me tourne vers elle, me rappelant un enfant récalcitrant soudoyé avec des bonbons.

Anja essuie les traces de sang séché sur mon visage et

inspecte mes autres blessures. Mes abdominaux sont couverts de croûtes et marbrés d'ecchymoses, et je suis sûr que mon dos est dans un état similaire.

— Ça aurait pu être pire, commente-t-elle.

— Oui, je réponds sans émotion. Je pourrais être mort.

Elle sourit narquoisement. — Exactement.

Nous savons tous les deux que son intervention est la seule raison pour laquelle je suis en vie. Enfin, pour être honnête, elle est aussi la raison pour laquelle j'étais en danger en premier lieu, donc voilà. Je suis son chat de Schrödinger.

Anya dévisse le bouchon d'un flacon de pilules en plastique bon marché qui cliquette dans sa main aux ongles parfaitement manucurés. Elle verse deux comprimés dans ma paume et me passe une autre bouteille d'eau. Elle se montre clairement généreuse aujourd'hui.

— Vous en aurez d'autres plus tard, si vous vous tenez tranquille.

— Ça devrait être facile. Je n'allais nulle part avec ce corps en ruine.

Anya ne part pas.

— Que voulez-vous de moi ? je demande d'une voix rauque.

— Vous n'avez rien que je veuille.

— Je vois. Vous kidnappez des gens au hasard sur des yachts sans raison.

Les yeux d'Anya deviennent glacials. — Vous avez essayé de détruire ma famille.

Je ricane sans joie. — Seule la putain de Bratva russe serait assez arrogante pour croire ça.

— Vous le niez ? Avoir tenté d'assassiner mon père, de faire exploser ma mère ?

— Vous êtes délibérément obtuse, jouant la victime. Nous savons tous les deux que c'est des conneries. Vous nous avez attaqués en premier. Comment pensiez-vous que ça se passerait ? Est-ce que vous vous attendiez à ce que nous *ne* nous défendions *pas* ?

— Ah, dit Anya en croisant les bras. Vous pensez que nous vous avons ciblés au hasard. Parmi toutes les familles criminelles les plus puissantes du monde entier, nous avons choisi les précieux Ravenscroft. *Maintenant*, qui est l'arrogant ?

Cela me prend au dépourvu. Je l'avais cru ; j'avais cru que c'était de la malchance que les Kuznetsov nous aient pris pour cible. Je déteste la suffisance de son expression tandis qu'elle savoure ma surprise. Je me sens comme un idiot. J'avais été tellement absorbé par Ivy que j'avais baissé ma garde. Bien sûr qu'ils avaient choisi notre famille pour une raison. Certes, ils voulaient utiliser notre réseau de distribution, mais ce n'est pas comme si la Granite Line était le seul train express de fret non inspecté au monde.

Je scrute ses yeux à la recherche d'un indice.

— C'était sur invitation, dit Anya.

Mon cerveau ne peut pas donner sens à cela. — Quoi ?

Elle se tourne pour partir. — C'est tout ce que vous avez besoin de savoir, pour l'instant.

C'est un type de torture différent. J'articule difficilement. — Une *invitation* ?

Anya m'adresse à nouveau ce sourire suffisant, ses lèvres rouges pincées, et s'en va.

CHAPITRE 17

Agité

IVY

Quand Becks me retire mon verre de vin pour le remplacer par une tasse de camomille avant de m'envoyer au lit, je lui en suis reconnaissante.

Ma bouche s'étire en un bâillement à peine dissimulé. — Tu es une vraie amie, dis-je.

— Eh bien, il faut bien que quelqu'un joue l'adulte ici. En plus, j'ai promis à ton infirmière stricte que je veillerais à ce que tu te reposes suffisamment.

— Que Dieu te bénisse.

— En effet. J'espère que les dieux nous écoutent.

Elle me guide jusqu'à la chambre d'amis, simple et confortable. Le linge de lit en coton blanc a l'air si accueillant.

— Parfait, dis-je. Merci.

Je me laisse tomber sur le lit sans même enlever mes

vêtements. Les draps frais et propres sont un baume pour mon corps nerveux. Dès que ma tête touche l'oreiller, je sens mes pensées anxieuses devenir moins pressantes. Il y aura bien assez de temps pour s'inquiéter demain.

Dieu merci, Becks est là. Je suis même contente que Noah soit présent, pour que Becks ait quelqu'un qui veille sur elle. Je dois me rappeler de payer leur note d'hôtel. C'est le moins que je puisse faire.

Tu vas t'en sortir, Alistair, je pense. J'ai besoin de toi. Le petit Alex a besoin de toi. Je ne sais pas où tu es, ni comment tu vas, mais tu vas t'en sortir.

Ça doit être vrai, parce que je ne pourrai pas vivre dans un monde sans lui.

Je sombre dans un sommeil agité.

Quand Alistair vient à moi, je sais que c'est un rêve. Sa présence ne me trompe pas, pas plus que la vue à couper le souffle sur la mer. Peu m'importe que ce ne soit pas réel. L'avoir avec moi, même comme une hallucination due au sommeil, est réconfortant. Nous sommes toujours à Koh Samui. Il y a des palmiers qui se balancent et des fragments de ciel bleu. L'odeur de la noix de coco. Il ne porte pas l'un de ses costumes sombres parfaitement taillés, mais une chemise en lin ample qui met en valeur son nouveau bronzage.

— Mon Dieu, tu es magnifique, dit-il d'une voix traînante, en prenant mes hanches dans ses mains et en me tirant nonchalamment vers lui. Ses gestes sont languissants, mais ses yeux racontent une autre histoire. Son regard est férocement affamé, comme des dents sur ma peau.

— C'est un rêve, dis-je, mais il ne m'entend pas.

Ses lèvres sont sur ma clavicule, suffisamment fermes pour ne pas me chatouiller. — J'ai envie de toi, murmure-t-il contre ma peau.

Je me presse contre lui, mon consentement silencieux. Je le veux aussi. Je veux chaque partie de lui, chaque centimètre de son corps chaud et plein de vie, chaque souffle.

— J'aimerais que tu sois là, dis-je. Il ne peut pas m'entendre dans ce rêve. C'est une conversation à sens unique, si l'on ne compte pas ce que font nos corps.

Nous sommes sur la terrasse de la villa privée. Les souvenirs de plaisir insouciant imprègnent chaque surface. Les plaisanteries, les cocktails, le plaisir intense. Pas seulement l'hédonisme des vacances, mais aussi les moments sains. Voir bébé Alex sur la plage pour la première fois, comment son visage s'est illuminé devant l'océan magique, la sensation du sable doré, comme de la poudre entre ses mains. Brumilde qui veillait sur nous tous comme une tante bienveillante.

La perte est viscérale.

Non, je me corrige, même dans un rêve.

Pas une perte. Rien n'est encore perdu.

Alistair me reviendra.

Ses mains se resserrent sur mes hanches ; je pense

qu'il va m'embrasser, mais au lieu de cela, il me fait pivoter et me pousse par-dessus le dossier du canapé extérieur. Il est brutal maintenant, et je m'en délecte. Plus c'est brutal, mieux c'est, fort et solide, car c'est la seule façon de ressentir quoi que ce soit dans cet instant fugace et onirique.

Il enfonce impatiemment ses doigts en moi, choquant mais bienvenu.

— Si mouillée, gémit-il à mon oreille.

Le plaisir est trouble. Je ne peux pas vraiment le sentir, mais je sais qu'il est là, ou du moins, l'idée est là. Les mains d'Alistair sont toujours magiques, tirant le meilleur de moi.

Il devient plus brutal, me poussant contre le meuble et me baisant avec ses doigts. Cela éveille quelque chose de sauvage en moi. Je lève mes fesses aussi haut que possible, une invitation pour qu'il aille aussi fort et profond qu'il le peut.

— Cette chatte, murmure-t-il, retirant ses doigts et me donnant une fessée.

Je veux tellement sa queue que j'en gémis. Je tends la main pour caresser mon clitoris, trouvant la zone si trempée que j'en halète.

— S'il te plaît, baise-moi, je supplie, même si je sais qu'il ne peut pas m'entendre dans ce monde étrange et surréel d'images et de sensations mouvantes. Je veux être remplie par sa queue glorieuse, je veux qu'elle m'étire largement et me pénètre profondément. Seule la queue d'Alistair peut le faire correctement. Je veux l'adorer, la sucer, jouir dessus.

— J'adore jouir sur ta queue, lui dis-je. C'est ce que je préfère.

Alistair me donne une autre fessée, exactement là où j'aime. J'imagine la peau rosir à cet endroit. Je le veux tellement en moi.

— S'il te plaît, Alistair. Devenant impatiente, je tourne la tête pour le regarder, mais il me rattrape et me force à baisser la tête à nouveau. Oui.

Il s'enfonce à moitié en moi, sifflant de plaisir. Je gémis et me tortille. C'est tellement bon, la façon dont il m'étire.

— Oui, je gémis. Oui, oui, oui.

Il s'enfonce plus profondément, et déjà mon corps menace d'imploser. Je suppose que les orgasmes viennent plus facilement dans les rêves.

Je tiens mes seins d'une main, pinçant un téton, tandis que j'utilise l'autre main pour me soutenir contre le canapé pendant qu'Alistair commence à pilonner sérieusement. C'est bon, mais trop onirique. J'ai besoin de la vraie chose.

— Plus fort, dis-je. Je veux tout ce qu'il peut me donner.

Je concentre mon attention sur sa queue, sinon la sensation disparaît et le rêve menace de s'évanouir.

— Plus fort, plus fort, plus fort. Je ne veux pas le perdre. — Reste avec moi, Alistair, je supplie.

Il enfonce sa queue dure en moi encore et encore, son souffle venant par saccades rauques. Je sens mon plaisir monter. Oui, il est là.

— Alistair, je crie, alors que la vague de béatitude érotique m'engloutit.

Il pousse fort et vite dans les pulsations de mon orgasme, la meilleure sensation au monde, me faisant jouir à nouveau, puis encore.

— Pu-u-u-tain, je crie, et cela se termine par un sanglot qui brise le tissu du rêve. Soudain, je suis de retour dans la chambre obscure, seule dans un lit étrange, les draps emmêlés autour de mes jambes.

Je me sens complètement désemparée ; le chagrin me frappe comme un coup de poing dans l'estomac.

Les sanglots ne s'arrêtent pas.

CHAPITRE 18
Étourdi et chaleureux

ALISTAIR

Une invitation.

Une invitation à faire exploser nos vies.

Je vais devenir fou à ne pas savoir ce que Anya voulait dire. J'essaie de me convaincre que ça n'a pas d'importance. Que rien n'importe sauf de sortir d'ici et de retourner auprès d'Ivy. J'ai besoin d'être avec ma famille pour les protéger.

Mais bien sûr que ça compte. Quelqu'un a invité le mal dans notre famille, et cette personne le paiera. Anya ne va pas me dire qui c'était, alors ce sera à moi de le découvrir. Avec Blackwood disparu, nos renseignements sont au point mort – à moins de compter sur le nouveau, Brodie. Il doit encore faire ses preuves, mais si Blackwood le formait comme son protégé, il doit avoir quelque chose de spécial. Blackwood, paix à son âme, était méticuleux dans tous ses recrutements, de sa fille au pair à son banquier d'investissement. Personne de non qualifié n'approchait même son processus de sélection.

Mes pensées deviennent boueuses, ma conscience commence à se dérouler.

Étourdi et chaleureux.

Merde. Qu'est-ce qu'il y avait dans ces antidouleurs ?

Normalement, je combattrais toute perte de conscience. Ça me rendrait trop vulnérable.

Mais impossible de lutter contre ces médicaments. J'ai l'impression de m'être injecté un tranquillisant pour cheval.

La douleur intense qui torture mon corps brisé s'évapore, s'élevant de ma peau comme de la fumée. Mes muscles intercostaux, auparavant si tendus par les signaux de douleur provenant des côtes cassées, se détendent dans le confort. Ma pommette luit comme si elle se guérissait en temps réel. Je m'enfonce de plus en plus, mes lèvres deviennent molles, chaque muscle de mon corps se relaxant dans un lent tourbillon de quasi-oubli. Ma soif et ma faim disparaissent. La douleur a complètement disparu. C'est un tel soulagement alors que je fonds dans le matelas.

Ivy apparaît. Bien sûr qu'elle apparaît. Elle est toujours là quand j'ai besoin d'elle.

— Alistair, dit-elle.

— Ivy. C'est si bon de la voir vivante et en bonne

santé. Je ne pourrais pas demander autre chose. La chaleur coule en moi.

— Alistair, tu ne peux pas reprendre ces pilules.

Au début, je suis tellement dans les vapes que je ne sais pas de quoi elle parle. Puis je me souviens des anti-douleurs ; le flacon en plastique d'apparence bon marché qui cliquetait dans la main d'Anya.

— J'en ai besoin. Elles font tellement de bien, dis-je.

— Trop de bien, répond-elle. C'est pourquoi tu ne peux pas les reprendre.

— Tant de douleur, je proteste. Je suis brisé.

— Non. Tu n'es pas brisé.

— Os cassés... dis-je.

— Tes os vont guérir. Tu es toujours l'homme que tu as toujours été. Tu vas t'en sortir et nous serons à nouveau ensemble.

J'acquiesce, désespéré de le croire. — Oui.

— ...Mais pas si tu continues à prendre les pilules. Tu comprends ?

J'acquiesce à nouveau. Les pilules ne sont pas le moyen de sortir de là. Si quelque chose, elles me garde-ront ici, cloué à ce matelas, perdu dans l'oubli.

— Oui.

Ivy a l'air contente. Elle sourit, et ses yeux brillent. — J'ai hâte qu'on soit à nouveau ensemble.

Elle remonte sa jupe et m'enfourche, caressant ma queue tandis qu'elle se frotte contre moi dans sa culotte. Je ne la vois pas enlever ses vêtements, mais maintenant elle est nue à l'exception d'une petite culotte en coton, et je la regarde onduler au-dessus de moi, roulant des hanches, ses magnifiques seins bougeant d'une façon qui me donne envie de les baiser.

— Ivy, dis-je. Si belle. Si parfaite, bon sang.

Elle sourit, appréciant me faire ce spectacle. — Je ne suis qu'un fantasme.

— Tu es tout aussi parfaite dans la vraie vie.

La pièce commence à tourner, et je lutte pour garder les yeux ouverts.

— Reste avec moi, insiste-t-elle. Ne cède pas à l'obscurité.

Je force mes yeux à rester ouverts, mais ils veulent se refermer presque immédiatement.

Ma bouche est si sèche que j'arrive à peine à parler. Je veux rester avec elle, rester dans la lumière, mais tout s'estompe.

— Regarde-moi, ordonne Ivy.

J'écarte mes paupières. Je ne me souviens pas les avoir fermées.

Ivy sourit à nouveau, touchant ses seins, qui sont maintenant enfermés dans un corset en résille noire sexy en diable. Elle se frotte contre moi, et ça fait tellement de bien que je pense que je vais commencer à flotter.

Peut-être que je flotte déjà.

Je suis trop engourdi pour bander, mais un doux vortex de plaisir tourbillonne là où Ivy me touche. Je n'ai pas besoin d'être dur. Je n'ai besoin de rien. J'ai Ivy.

— Promets-moi, dit-elle, toujours en bougeant de cette façon magnifique, ses seins se balançant. Je veux sucer ses tétons.

Je secoue la tête pour l'éclaircir.

Promettre quoi ?

Où suis-je ?

— Promets-moi que tu ne prendras plus les pilules.

— Oui, je réponds, ma conscience bourdonnant comme une ampoule sur le point de s'éteindre.

— Dis-le.

— Je promets que je ne prendrai plus les pilules.

— Bien. Elle appuie plus fort, comme récompense, et je gémis.

Je trouve le bord de sa culotte – elle est revenue à la simple culotte en coton – et glisse mes doigts à l'intérieur. Elle est trempée.

Je gémis à nouveau. — Putain. J'adore la sensation que tu me procures.

Ivy ondule lentement, la tête rejetée en arrière. Ses muscles serrent mes doigts.

— Tu dois revenir vers moi, Alistair. Nous avons tant à découvrir.

Je veux répondre, mais je fonds à nouveau. Je me perds. Je disparais dans l'obscurité.

— Reviens vers moi, Alistair, dit-elle, mais je suis déjà parti.

CHAPITRE 19
Menaces Multiples

IVY

Je me réveille en sursaut. Des cris. Mon cœur martèle, menaçant de déchirer ma poitrine. Une voix masculine furieuse déclenche mon SSPT, et je me retrouve en sueur froide en pensant à Jeff, même si je sais qu'il est mort. Je reste figée, le souffle court.

Ce doit être Noah qui crie.

Est-ce que Noah crie après Becks ? *Comment ose-t-il !*

J'écarte les draps d'un geste brusque, manquant de trébucher dans ma hâte de rejoindre mon amie. Je me fige devant la porte, reconnaissant l'accent de celui qui crie. L'accent *irlandais*.

Pas Noah, mais Henderson.

Ma colère se dissipe. Bien sûr qu'il est là, et bien sûr qu'il est furieux. Je n'ai plus envie d'ouvrir la porte. Je ne veux pas affronter sa colère. La culpabilité et la honte me repoussent.

— Mais PUTAIN, à quoi tu pensais ? exige-t-il.

— Elle était toute seule dans un hôpital. Dans un pays étranger ! crie Becks en réponse. Je pensais que je pourrais mieux prendre soin d'elle ici.

— Tu as risqué sa vie. N'importe quoi aurait pu arriver. Ils auraient pu vous suivre. L'enlever. *La tuer.*

Becks baisse la voix. C'est étouffé, mais je peux quand même comprendre. — C'est vraiment à propos d'Ivy ?

Silence.

— Bien sûr que c'est à propos de cette fichue Ivy. De quoi d'autre s'agirait-il ?

— Tu n'as pas l'air très heureux du fait que je sois venue ici avec un homme.

— Eh bien, ouais. Ne me lance pas là-dessus. C'est comme si tu avais essayé d'introduire plusieurs menaces à la fois.

— Noah n'est pas une menace, contre-t-elle.

— Toute personne qui n'a pas été minutieusement examinée par nos services de renseignement est une menace, Rebecca.

— Est-ce que ça m'inclut ?

— Ça t'inclut toi plus que quiconque, après ça. On ne peut plus te faire confiance pour agir dans le meilleur intérêt d'Ivy.

— Oh, va te faire foutre.

— Ça me ferait plaisir ! hurle-t-il. Sauf que tu as maintenant compliqué les choses de telle façon que je ne peux pas partir sans Ivy. Et ma priorité principale devrait être de chercher Alistair, pas de nettoyer ton foutu bordel.

Je me sens terrible. J'ouvre la porte de la chambre. — Je suis vraiment désolée, Henderson.

Son visage s'adoucit, tout comme son ton. — Ah, regarde-moi ça. Ce n'est pas ta faute, Ivy.

Me voyant dans l'embrasure, l'air probablement pâle et tremblante, lui coupe le souffle. Il s'affaisse sur le canapé et se frotte le visage, comme s'il essayait de remettre de l'ordre dans ses pensées.

— Je peux te faire un café ? je propose.

Becks, le visage rose de colère et peut-être d'une pointe de culpabilité, souffle et se dirige à grands pas vers la kitchenette. — Je vais faire ce putain de café.

Je m'approche doucement et m'assieds à côté de Henderson.

— Je suis vraiment désolée. Je ne voulais pas ajouter à tes soucis.

Il secoue la tête. Il est bien connu dans l'équipe de sécurité pour sa capacité à fonctionner sans dormir, mais je vois des cernes sous ses yeux, et son inquiétude est gravée sur son visage inhabituellement abattu.

— Ce n'est pas ta faute, répète-t-il. Ce n'est pas ta faute si je n'arrive pas à trouver Alistair.

Il inspire profondément par le nez et regarde le plafond.

Les larmes me montent aux yeux. Voir le stoïque Henderson dans cet état me remplit tellement de peur et d'angoisse que j'ai envie de vomir. J'avale plusieurs fois avant de pouvoir parler.

— Qu'est-ce qu'on sait ? je chuchote.

— Rien, répond-il en se frottant le menton couvert de barbe. Absolument rien du tout. On espère qu'ils prendront contact maintenant que la famille est là.

Bien sûr, les Ravenscroft sont arrivés en Thaïlande hier soir.

— Brodie leur a conseillé de venir. Au cas où il y aurait des négociations à mener.

— Brodie ? je demande.

— Le nouvel agent de renseignement. Le protégé de Blackwood. Qu'il repose en paix.

Henderson fait le signe de la trinité. Je ne savais pas qu'il était religieux. Peut-être qu'il ne l'est pas. Peut-être que c'est juste un réflexe de son enfance, ou un tic nerveux.

— Bien sûr, je réponds. Il semble bon.

Henderson hausse les épaules. — Alistair lui fait confiance, donc c'est suffisant pour moi.

Becks, les lèvres pincées et boudeuse, pose brutalement des tasses fumantes sur la table devant nous, puis s'éclipse en allant boire son café sur le balcon, les pieds nus posés sur la rambarde. Henderson détourne les yeux d'elle.

— Tu ne peux pas rester ici, dit-il. Je sais que tu le voudrais, mais c'est impossible.

J'avale ma salive. — Je comprends.

— Tu resteras avec nous. Avec la famille. Nous avons pris le Fronds Hotel.

Nous avons pris le Fronds Hotel – je suppose que cela signifie qu'ils ont loué tout le bâtiment pour avoir de l'intimité.

Je n'ai pas envie de séjourner dans un hôtel de luxe. Je n'ai pas envie de rester ici non plus. J'ai le mal du pays, de notre maison avec Reacher, Bijou, Brumilde et bébé Alex. La cheminée et la chambre. Alistair. Les larmes me piquent à nouveau les yeux.

Alistair.

Henderson voit ma détresse, et son dos se redresse. Je vois la résolution dans son expression.

— On va le retrouver, me promet-il, les yeux brillants de détermination.

Je lance un regard d'excuse à Becks alors que nous partons.

Elle me saisit par les épaules. — C'est la bonne chose à faire. Tu seras plus en sécurité avec Henderson. Je ne vais nulle part. Je serai là quand tu auras besoin de moi.

— Merci, je murmure dans ses cheveux tandis que nous nous disons au revoir.

Henderson et Becks se défient une dernière fois du regard.

— Je t'enverrai le numéro d'Ivy quand on lui aura pris un nouveau téléphone, dit-il. Si tu promets de ne pas la kidnapper à nouveau.

— Ah, va te faire voir, dit-elle, mais il y a un sourire réticent dans ses yeux.

Henderson repère la bouteille de champagne sur le comptoir alors que nous partons. — C'est Noah qui a apporté ça ?

— Oui, répond Becks. Pourquoi ?

— Bien, dit Henderson en s'en emparant.

Becks ouvre la bouche, mais Henderson n'attend pas d'entendre ce qu'elle a à dire.

CHAPITRE 20
Le Poison qu'elle Colporte

ALISTAIR

À mon réveil, j'ai l'impression d'avoir été percuté par un bus. Il faut dire que se faire tabasser par Arkadi est probablement aussi destructeur que de se faire écraser par un bus londonien à impériale — mais ce n'est pas seulement mon corps qui souffre. Ma tête est sur le point d'exploser avec la pire gueule de bois que j'aie jamais connue. Les tranquillisants pour chevaux font probablement cet effet, ou peu importe ce que Anya m'a fait prendre. Une sorte d'opioïde de rue particulièrement vicieux. Bon sang. La pièce tourne encore. J'avale la bile qui remonte dans ma gorge. Quelle que soit cette substance, je sais qu'elle est maléfique, car malgré mon mal-être, j'en veux encore.

C'est dangereux et addictif — mon rêve d'Ivy me l'a bien fait comprendre. Maintenant, j'ai juste besoin de volonté pour résister à l'oubli qu'elle procure. Je n'ai jamais été tenté d'essayer les drogues dures ; j'aime garder le contrôle. Surtout dans une situation comme celle-ci, où je dois rester vif et agile. Plus de poudre de bonheur pour moi, peu importe à quel point je désire ce soulagement.

Les heures s'étirent, et la douleur à ma tempe s'intensifie. Mon crâne est pris dans un étau. Il s'avère que les pilules n'avaient pas du tout éliminé la douleur, elles l'avaient simplement canalisée vers ma tête. Ça empire de plus en plus, jusqu'à ce que je souhaite que tout s'arrête. Je me surprends à ne plus me soucier de rien d'autre que de faire cesser cette souffrance. Au lieu de fantasmer sur Ivy, je rêve d'un revolver chargé. Je pense à la sensation du métal froid contre ma tempe ; à la façon dont je presserai la détente pour exploser dans le néant.

J'ai dû perdre connaissance, car lorsque j'ouvre les yeux, Anya me fixe. Je tressaille et recule, essayant de mettre de la distance entre nous, mais tout ce que je parviens à faire, c'est m'enfoncer davantage dans mon oreiller. Mon cerveau cogne contre mon crâne, et la nausée est revenue.

— Pauvre petit, roucoule-t-elle en tendant la main pour toucher mon front.

Je voudrais repousser sa main, mais mes membres semblent être faits de plomb.

Je ne veux pas qu'elle s'approche de moi. Ni elle, ni ce poison qu'elle colporte.

— Je vous ai apporté de la nourriture, dit-elle. De l'eau. Et d'autres analgésiques.

Je pense à Ariana et à la façon dont elle a été lentement manipulée pour croire que ses ravisseurs étaient ses bienfaiteurs. Ça ne m'arrivera pas. Mais j'ai besoin de nourriture. En dehors de cette sensation de rongement dans mon ventre qui est un compagnon constant, j'ai besoin d'énergie pour pouvoir me battre, et de protéines pour guérir. Et d'eau. Bon sang, j'ai besoin d'eau. J'ai si soif que ça me fait mal d'avaler.

Comme si elle lisait dans mes pensées, elle me tend une bouteille ruisselante. Elle est froide et glissante de condensation, et fait du bien dans ma paume. Elle fait tomber les comprimés, et je fais semblant de les avaler avec de l'eau, en les dissimulant dans mes doigts repliés. Elle me veut faible. Dépendant d'elle. Peu importe les jeux auxquels elle joue, ça n'arrivera jamais. J'avale l'eau d'un trait, serrant la bouteille comme si ma vie en dépendait. Je déteste ce désespoir, mais la vraie soif vous fait ça.

— J'ai discipliné Arkadi, annonce-t-elle, prétendant être de mon côté.

Je lève les yeux vers elle. Elle est complètement décalée ici dans ses vêtements de créateur, la saleté qui nous entoure mettant en contraste brutal sa tenue pâle et coûteuse. Le seul indice qu'elle appartient à cet endroit est la présence d'une arme à feu dans son holster sur sa cuisse.

— Il n'aurait pas dû vous battre si violemment. Il a été puni.

Je ne réponds pas. Comment discipline-t-on un homme comme Arkadi ? Comme une montagne, il semble impossible à punir. Quelle que soit sa méthode, je suis certain qu'Arkadi veut me voir mort plus que jamais.

— Mais, dit-elle en traînant sur les mots, c'est vous qui avez tenté de vous échapper. Si vous n'aviez pas fait ça, Arkadi ne vous aurait pas blessé. Donc, vous... méritez aussi d'être puni.

Je trouve ma situation actuelle déjà assez punitive, mais il semble qu'elle ait d'autres projets.

Quelle vie de merde.

Il faut que je me tire d'ici. Où est mon équipe ? Où est Henderson, bordel ? Blackwood m'aurait déjà retrouvé, mais maintenant j'ai l'impression d'employer son foutu stagiaire adolescent.

Anya fouille dans la poche de son élégant blazer crème et sort quelque chose qui brille dans la faible lumière ; métallique et tranchant. Un couteau. Une sorte de poignard russe. Involontairement, je m'enfonce à nouveau dans l'oreiller. Mon corps réagit instinctivement, comme un chien battu quand son bourreau lève la main.

— On ne va pas lutter, ordonne-t-elle, ses yeux brillant comme la lame. Vous allez prendre votre punition comme un homme, et ensuite vous pourrez avoir votre dîner.

Son expression excitée me terrifie. Avant, je la considérais comme une tueuse de sang-froid, mais maintenant je vois qu'elle est une sadique, et c'est bien plus effrayant. Les tueurs de sang-froid n'apprécient pas la chasse ou le meurtre ; c'est juste une partie nécessaire du travail. Les sadiques, par contre—

Elle se mord la lèvre inférieure et approche le poignard de mon visage. Que va-t-elle faire ? Me défigurer pour que je ressemble à l'un de ses sbires balafré ? Ou, pire encore, m'arracher un œil ?

Qu'a-t-elle fait à Arkadi ?

Je serre les dents, forçant mon corps à rester immobile. Je veux me battre. Je veux lui prendre son arme, ou saisir la lame et la retourner contre elle. Je n'hésiterais pas une seconde à la plonger dans son cou — je rendrais service au monde.

Je serre les dents si fort que la douleur de ma pommette fracturée me traverse. Je grimace mais retiens mon gémissement.

Ne pas combattre.

Ne pas combattre.

Ne pas combattre.

Il y aura un moment pour se défendre et riposter, mais ce n'est pas maintenant. Pas si je veux sortir d'ici vivant. Pas si je veux revoir Ivy un jour.

Elle me sourit. C'est un rictus satisfait qu'elle puisse

voir ma douleur et ma peur à nu. Pendant un instant, je pense qu'elle bluffe, qu'elle voulait seulement voir ma peur, mais ensuite elle le fait. La lame tranche ma peau si rapidement et proprement que je me demande si elle a vraiment fait des dégâts.

Je sens le sang chaud couler avant de ressentir la brûlure, mais quand la douleur arrive, elle est brutale. Je me tiens l'oreille, choqué et haletant.

— Donnez-moi votre t-shirt, dit-elle. Elle est calme, comme le sont les psychopathes.

Une vague de vertige me repousse en arrière, mais je lui obéis, retirant le t-shirt taché de sang par-dessus ma tête et le lui tendant.

— Merci. Elle est indifférente, comme si nous venions de terminer une transaction ordinaire. Comme si elle n'était pas assise là avec un poignard et un chiffon ensanglanté dans les mains.

CHAPITRE 21
Des couilles d'acier

IVY

Henderson et moi arrivons à l'hôtel chic Fronds et sommes immédiatement conduits dans l'ascenseur puis dans la luxueuse suite penthouse. Je ne suis plus choquée par l'opulence, mais cet endroit paraît ridiculement grand et follement décoré. Il y a tellement... d'espace. Et de lumière.

Des accessoires en cuivre brillant et un papier peint aux imprimés tropicaux vifs et audacieux lui confèrent un charme supplémentaire. De la musique classique retentit depuis des haut-parleurs dissimulés.

— Votre chambre est au bout de ce couloir, dit Henderson, en faisant un signe de tête vers la gauche.

— Oh, je murmure, ils voudront sûrement leur intimité. Je vais prendre une petite chambre individuelle en bas.

Ce qui signifie, bien sûr, que je serais plus à l'aise dans ma propre chambre. Malgré toute l'affection que j'éprouve pour les Ravenscroft, je ne voulais pas partager leur suite, penthouse ou pas. Et, vu mon état d'esprit, j'avais besoin de passer du temps seule.

— Absurde ! me réprimande Isobel en tournant au coin et en ouvrant grand les bras pour m'étreindre. Tu *dois* rester avec nous. Je deviendrais folle autrement !

Je la laisse m'envelopper. C'est réconfortant d'être enlacée par une mère, même si, à strictement parler, elle n'est pas la mienne. Je cligne des yeux pour chasser mes larmes.

Elle me prend par les épaules. — Chasse ces larmes, ma chère. Nous n'en avons pas besoin. Alistair n'en a certainement pas besoin.

Christopher entre d'un pas nonchalant. Il porte une robe de chambre en soie flamboyante qui miroite quand il marche. — Oh, c'est la végane.

Je suis habituée à ses taquineries maintenant, et je ne prends pas la peine de le corriger. Il me taquine mais il y a de la chaleur dans sa voix.

— Un verre ? propose-t-il. Je dois te prévenir, il n'y a pas de champagne décent dans ce pays, mais la vodka est passable.

Je jette un regard appuyé vers la grande horloge sur le mur. Je ne suis pas contre un bon tonic à la vodka, mais il n'est même pas dix heures du matin.

Il hausse les épaules. — Je suis encore à l'heure britannique.

— *Bien sûr* que tu resteras avec nous, répète Isobel. Nous avons besoin de toi ici.

Christopher se racle la gorge. *Parle pour toi*, dit son langage corporel.

— *J'ai* besoin de toi ici, insiste-t-elle. Sinon, je n'ai que ces... barbares... comme compagnie.

Henderson feint d'être offensé.

— Oh, pas toi mon cher, dit-elle rapidement, puis pointe son pouce vers son fils en robe de soie.

Elle a dit barbares, au pluriel, donc je suppose que M. Ravenscroft est là aussi, mais je ne pense pas que cet homme ait un seul os barbare dans son corps – plus maintenant, en tout cas. Bien que la musique soit assez forte.

— Où sont tes affaires ? demande Isobel. Le portier les monte ?

— Euh, dis-je.

— Maman, rit Christopher. Elle a été jetée d'un putain de yacht au milieu de l'océan. Qu'est-ce que tu croyais qu'elle allait ramener ? Une fourchette d'épave pour se coiffer les cheveux ?

— Langage, avertit Isobel.

Je le fixe. — Tu viens juste de faire référence à un film *Disney* ?

— Quoi ? demande-t-il, apparemment profondément offensé. Tu te crois trop bien pour Disney ?

— Non, je réponds, je suis juste surprise, c'est tout.

— Surprise que des barbares puissent apprécier « La Petite Sirène » ?

— Ce n'est pas moi qui t'ai traité de barbare, dis-je.

Isobel prend un air nostalgique. — Ils adoraient regarder ce film, tous les trois. Et elle éclate soudain en sanglots.

— Qu'est-il arrivé à l'idée de ne pas pleurer ? dit Christopher doucement, en s'avançant pour serrer sa mère dans ses bras. Elle semble soudain si petite et vulnérable. — Ça va. Tout va bien se passer. Tu sais comment est Alistair. Il ira bien.

Je n'aime pas la façon dont sa voix tremble à la fin. La boule dans ma gorge devient plus grosse.

— Je vais faire du café, dit Henderson.

Une fois que nous avons tous une tasse fumante entre les mains, grâce à Henderson, nous nous asseyons pour le débriefing. Isobel s'est reprise – et porte clairement du mascara imperméable de haute qualité car elle est toujours aussi impeccable que d'habitude. Heureusement, elle a réussi à convaincre Gregory de baisser la musique assourdissante, mais il ne nous a pas encore rejoints pour la réunion.

— Attendons-nous M. Ravenscroft ? demande Henderson.

Isobel secoue la tête. — Cet incident l'a fait régresser. Retrouver Ariana lui a fait du bien, mais il ne prend pas... ce dernier développement très bien.

Aucun parent ne devrait avoir à gérer ce genre d'inquiétude.

— Et regarde-toi, dit Christopher, de l'admiration dans la voix. Tu es toujours aussi forte. Tu as toujours eu des couilles d'acier.

Je regarde Isobel, parfaitement maquillée, élégante dans son tailleur chic, et je suis intérieurement d'accord avec Christopher. Des couilles d'acier, en effet.

— À quoi sert un débriefing quand il n'y a pas de nouvelles informations ? demande Christopher.

Henderson se frotte le menton et pose sa tasse. — Parce que nous avons besoin d'un plan. Nous avons épuisé nos pistes. L'équipe a besoin de directives.

— Nous devons tout mettre en œuvre, déclare Chris. Les flics, les détectives privés, la putain d'armée thaïlandaise. Je me fiche du coût. On va vérifier chaque putain de maison et cabane dans ce pays.

— Nous ne sommes pas certains qu'il soit dans le pays, admet Henderson. Il pourrait être à Norilsk pour ce que nous en savons.

— Mais il est vivant, dit Christopher.

— Rien ne suggère le contraire, répond Henderson.

— Il est vivant, dis-je. Je le sens.

Christopher doit me charrier. — Tu le *sens* ? Alors, tu es quoi ? Médium maintenant ? Alistair sort avec une psychique végane. Qui l'aurait cru ?

— Je sais que tu es stressé, mon cher, dit fermement Isobel, mais je ne te laisserai pas te défouler sur Ivy. Elle n'a été qu'intelligente et courageuse depuis le début de toute cette débâcle. Dois-je te rappeler qui a sauvé la vie d'Ariana quand elle a été tirée ? Et, ce faisant, a également sauvé la vie de mon petit-enfant ?

Cela me fait froncer les sourcils. Avec tout le drame récent, j'avais oublié qu'Ariana était enceinte.

— Où sont Brumilde et Alex ? je demande, soudain inquiète pour eux.

— Ils se reposent, dit Isobel, un sourire revenant sur son visage. En sécurité et au chaud, ici dans la suite.

Je ressens un profond besoin de câliner Alex. Je n'avais pas réalisé à quel point il m'avait manqué.

Le téléphone d'Henderson vibre, et il le saisit.

— Un message de Brodie, nous dit-il. Un regard sombre assombrit son visage, ce qui me serre les entrailles et fait accélérer mon cœur.

— Qu'est-ce que c'est ? je murmure.

Henderson pâlit. — Il téléphone avec des nouvelles. Il dit de nous préparer.

CHAPITRE 22
Les cadavres ne saignent pas

IVY

Nous préparer ?

C'est quoi ce bordel !

Non, non, non.

— Restons calmes, dit Henderson. Quelles que soient les informations, elles nous permettront peut-être d'avancer.

— Il l'aurait dit, balbutie Christopher. Il l'aurait dit s'ils avaient trouvé le corps.

— Oui, approuve Henderson. Il l'aurait certainement fait.

Chris se lève pour attraper la bouteille de vodka, puis se rassied.

C'est évidemment une mauvaise nouvelle. On ne dit pas à une famille inquiète de se préparer si c'est une bonne nouvelle. On annonce simplement la bonne nouvelle sans détour.

Le téléphone dans la main de Henderson commence à vibrer. Bien qu'il attendait l'appel, il trébuche presque et manque de le faire tomber. J'aurais fait pareil.

Je suis désespérée de savoir de quoi il s'agit, et tout aussi désespérée de ne pas l'entendre.

Les mots de Christopher me réconfortent.

Il l'aurait dit s'ils avaient trouvé le corps.

— Vous êtes sur haut-parleur, dit Henderson.

— Bonjour, c'est Brodie, dit le protégé de Blackwood.

Christopher soupire et lève les yeux au ciel devant cette évidence énoncée par le stagiaire. Son message implicite est clair - *C'est à LUI qu'on confie la vie de mon frère ??*

Je l'ignore et me concentre sur ma respiration. *Yoga,* je pense désespérément. J'ai besoin de faire du yoga pour rester saine d'esprit. Mon corps entier est raide de peur. Je suis si fragile que je me briserais si je tombais.

— Oui, on sait, Brodie, dit Henderson. Dites-nous ce qui s'est passé.

— Ce que vous allez entendre sera difficile, commence-t-il. J'espère que vous êtes tous assis...

— Bon sang, mec ! s'écrie Christopher. Accouche ! Mon frère est-il vivant ?

— Nous pensons que oui, répond Brodie, apparemment pas offensé par les jurons de Christopher.

Je ferme les yeux très fort.

Merci mon dieu.

Merci l'univers.

Merci merci merci.

Un sanglot monte dans ma gorge, mais je le réprime. Je dois entendre la suite.

Je jette un coup d'œil à Isobel, qui se tient la poitrine. J'ai envie de lui dire de respirer.

Henderson semble prudemment optimiste. — Ça a l'air positif. Dites-nous ce que vous avez.

C'est au tour de Brodie de prendre une respiration. Nous l'entendons soupirer. Mon estomac se noue à nouveau.

— Nous avons reçu un... *colis* de la Bratva du Miroir il y a une heure. Une boîte cadeau noire avec un ruban. J'étais presque sûr qu'il s'agissait d'un dispositif explosif — vu l'incident Fabergé — alors j'ai pris mon temps pour vérifier qu'il n'était pas dangereux avant de l'ouvrir.

— Continuez, l'encourage Henderson.

J'ignore mon instinct qui me dit de fuir. Je me force à rester et à écouter.

— Il est important de noter que nous n'avons pas encore fait analyser le tissu.

— Quoi ? demande Christopher. Quel *tissu* ? De quoi parle-t-il ?

Isobel le fait taire pour pouvoir entendre ce que Brodie a à dire.

— Le sang est le sien. C'est l'ADN d'Alistair.

— Quoi ? je m'étouffe. Qu'est-ce qu'il dit ?

— C'était une oreille, dit Brodie. Je suis vraiment désolé.

J'entends Henderson déglutir. — Pour être clair. La Bratva vous a envoyé une... *oreille.*

— Exact, confirme Brodie. Et une chemise. Le sang était principalement sur la chemise.

— C'est vraiment son sang ? demande Isobel. Le sang d'Alistair ?

— Aucun doute là-dessus, dit Brodie. Je suis désolé.

Je m'effondre. Je voudrais m'allonger par terre, mais je suis figée. Mon bel Alistair, qu'est-ce qu'ils t'ont fait ?

— C'est une excellente nouvelle, déclare Isobel, et nous la regardons tous comme si elle avait complètement perdu la tête.

Christopher s'éclaircit la gorge. — Euh, mère ?

Elle lève la main. — Je sais que c'est terrible. Ce qu'il y avait dans la boîte.

Je réalise que je me berce doucement, essayant de rester calme.

— Mais il est VIVANT. Les cadavres ne saignent pas. N'est-ce pas, Brodie ?

— C'est exact, Madame Ravenscroft, répond-il. Bien que ce soit perturbant, je pense que c'est un signe positif. Alistair est bel et bien vivant.

Vivant et *saignant*, je pense. Mais ils ont raison. Aussi choquant que ce soit, le plus important est qu'il soit en vie. J'acquiesce. Je tapote mon genou. Je regarde Isobel.

Oui. C'est une bonne nouvelle. Si je le répète assez souvent, peut-être que je finirai par y croire.

— Que disait la note ? demande Henderson. Que veulent-ils ?

— Il n'y avait pas de note. Bien que je n'aime jamais faire de suppositions, je pense qu'ils veulent ce qu'ils ont toujours voulu, dit Brodie. Un accès sans entrave à notre réseau de distribution.

— Avec une bonne dose de vengeance en accompagnement, ajoute Christopher.

— S'ils peuvent utiliser la ligne Granite, cela leur ouvre d'immenses opportunités commerciales, dit Brodie. Et la fille, Anya, ne pense qu'aux affaires.

— C'est elle qui était sur le yacht, j'ajoute, inutilement. Tout le monde le savait déjà.

— Je n'en crois pas un mot, déclare Isobel. Ce n'est pas une question d'*affaires*. Ça a peut-être commencé comme ça, mais nous sommes maintenant trop loin dans le terrier du lapin pour jamais travailler ensemble. Ils ont écarté l'option « affaires » quand ils ont essayé de nous assassiner dans notre propre maison.

— Ouais, ricane Christopher. Relations commerciales 101 : N'essayez pas de tuer votre réseau.

— Ils savent que nous ne sommes pas disposés à travailler avec eux, dit Isobel. Alors pourquoi même demander ?

— Parce qu'ils sont arrogants, têtus, et qu'ils

possèdent le plus gros atout de tous, répond Christopher.

— Je pense que nous savons tous qu'une relation commerciale ne sera pas viable à long terme, dit Brodie. Ni même à court terme.

— Mais ils ont Alistair, dis-je.

— Oui, dit Brodie. Mais ils ont Alistair.

Je crois que je vais vomir. Je me tiens l'estomac.

— Il y a une autre petite bonne nouvelle, dit Brodie.

Oh, mon dieu. Une nouvelle vague d'anxiété me frappe. Les bonnes nouvelles de Brodie semblent se présenter sous forme de parties de corps sectionnées. Je me prépare.

— Nous avons relevé une empreinte partielle sous la boîte.

— Et alors ? demande Christopher. On sait déjà qui l'a envoyée.

— Parce que ce n'est pas une empreinte de Kuznetsov ? devine Henderson.

— Exact, dit Brodie. Le livreur. Un local de Koh Samui.

Isobel se redresse. — Pouvez-vous remonter à l'endroit où il l'a récupérée ?

— Nous essayons, dit Brodie. À ce stade, n'importe quelle information est précieuse. Une empreinte partielle pourrait être tout ce dont nous avons besoin.

J'expire lentement. Ça se passe mieux que prévu.

Mon envie de vomir et/ou de m'allonger par terre a laissé place à une petite lueur d'espoir.

— Je vous informerai dès que j'aurai des nouvelles des analyses, dit le stagiaire.

Henderson le remercie et termine l'appel. — Nous devrons peut-être négocier concernant Granite, dit-il. Sommes-nous prêts à envisager cela ?

— Je suis prête à négocier n'importe quoi pour la vie de mon fils, répond Isobel, mais je peux vous dire dès maintenant que nous ne pouvons pas faire affaire avec ces gens. Ça ne fonctionnera jamais.

Christopher avale une gorgée de vodka directement à la bouteille. — Donc, nous acceptons leurs conditions, puis nous gérerons les conséquences plus tard ?

Isobel secoue la tête. — C'est voué à l'échec. Ça n'a absolument aucun sens. Mais oui. Que pouvons-nous faire d'autre ?

— C'est probablement plus une question de vengeance, alors, médite Chris. Mais pourquoi gardent-ils Alistair en vie ?

— Il a plus de valeur vivant que mort, dit Henderson.

— Rien de tout cela n'a de sens, dis-je. Y a-t-il peut-être quelque chose auquel nous n'avons pas pensé ?

Christopher se frotte le visage. — Probablement. Dans mon cas, très certainement.

Je n'ai pas l'habitude qu'il s'autodéprécie. Je lui souris, malgré les circonstances. Malgré le sentiment que j'ai que les Kuznetsov ne s'arrêteront à rien jusqu'à ce que nous soyons tous morts.

Les gémissements d'Alex nous parviennent, et je me lève d'un bond. — J'y vais.

Je me précipite dans un large couloir, suivant le son triste. Quand je le vois debout dans son lit de voyage, mon cœur se gonfle et les larmes me piquent les yeux.

— Alex ! je chuchote, ne voulant pas réveiller Brumilde qui fait la sieste. — Bébé ! Je suis toute émue. — Tu m'as tellement manqué !

Ses yeux s'écarquillent et il sourit quand il me voit. Il fait même un petit saut de joie sur ses petites jambes potelées. Brumilde l'a bien nourri.

— Salut, mon petit bonhomme, dis-je. Je crois que tu as grandi depuis la dernière fois que je t'ai vu il y a quelques jours.

Il lève les bras, et je le prends. Il fait une autre petite danse contre moi, et je ris. Les larmes coulent sur mon visage.

— Oh, mon bébé. Tu m'as manqué. On va prendre un petit goûter ? Il y a un joli petit bar à collations dans ce penthouse de luxe. Tu le savais ? As-tu même le droit de manger des collations ? Je ne connais pas encore ces choses. Tu devras me les apprendre. Je continue à lui parler, espérant qu'il se sente en sécurité malgré mon déluge de larmes. — Ou peut-être que tu veux un bon biberon chaud. Millie dort, alors je peux t'en préparer un. Tu sais, ton oncle Christopher aime aussi son biberon.

CHAPITRE 23
Combat

ALISTAIR

Je rassemble mon courage pour tenter de m'échapper à nouveau. Je ne supporte plus d'être aussi vulnérable. Je dois sortir d'ici. J'ai maintenant six pilules en réserve ; on ne sait jamais quand elles pourront servir d'arme ou, plus probablement, de moyen de sortie facile si ça devient trop dur à supporter. Elles me tentent constamment avec leur promesse d'oubli.

Mon corps guérit. L'incision sur mon oreille a mis du temps à arrêter de saigner, mais elle est maintenant recouverte d'une croûte. Pour le moment, c'est un jeu mental. Je ne dois pas perdre espoir ni concentration.

Je me rappelle constamment les raisons pour lesquelles je ne peux pas mourir ici.

Je prends une profonde inspiration et j'essaie de faire revivre Ivy dans mon imagination, réelle et présente, comme elle l'était dans mon rêve. Je jure que je pouvais vraiment la toucher. Je pouvais sentir sa chaleur. Je ferais n'importe quoi pour sentir à nouveau sa peau.

Les yeux fermés, je pense à son incroyable sourire, celui qui me fait fondre à chaque fois. Ses seins, à la peau douce comme de la soie quand j'y enfouis mon visage. La façon dont ils bougent, si féminins et délicieux. Ses mamelons qui durcissent sous ma langue.

D'accord, elle est là. Je la tiens. Je l'ai fait apparaître.

Ivy.

Soulagement, mais aussi excitation.

Mon Dieu, qu'elle est belle.

— J'ai besoin de toi, dis-je. Je déteste à quel point ma voix semble faible.

Elle n'a pas l'air de s'en soucier, elle se contente de sourire et de m'embrasser.

Cette vision d'Ivy ne semble pas parler, alors je vais me contenter d'elle d'autres façons. Je passe mes doigts dans ses cheveux, pose mon pouce sur sa lèvre inférieure. Elle sourit et le prend dans sa bouche, chaude et douce. Ma queue se réveille tandis qu'elle suce douce-ment mon pouce.

Ivy ne rompt pas le contact visuel. Son expression me dit que je peux faire ce que je veux d'elle ; prendre ce dont j'ai besoin. Comme cette fois à l'hôpital quand Ariana était en danger et que je ne savais pas quoi faire de moi-même. Ivy savait ce dont j'avais besoin. Une baise brutale et sans complications dans une pièce étrange.

Ivy a la capacité de m'apaiser d'une manière que je ne peux pas faire moi-même. Son énergie ancrée, son esprit généreux, son cœur incroyable et son corps accueillant. À vrai dire, c'est le corps accueillant que je veux maintenant.

Je ne ferais pas exactement comme à l'hôpital. Cette fois, je commencerais lentement pour monter en puissance. Je tracerais sa nuque du bout du doigt, faisant dresser sa chair de poule, puis déboutonnerais lentement sa robe.

Je réalise, avec surprise, que je ne veux pas qu'elle soit suppliante dans ce fantasme. Je veux qu'elle résiste un peu.

Je fronce les sourcils. C'est nouveau pour moi. Le consentement a toujours été une priorité.

Mais d'une certaine façon, cette version fantasmée d'Ivy a accepté cela. Un peu de lutte – parce que j'en ai besoin. J'avale l'incertitude que je ressens. Cela va à l'encontre de mon instinct premier qui est de toujours la protéger à tout prix.

Ivy me fait un signe de tête. Elle me dit que je devrais faire ce dont j'ai besoin. Quand j'hésite, elle me pousse doucement, comme un enfant qui signale qu'il veut jouer un peu à la bagarre. Quand je ne réponds pas à la provocation, elle me pousse à nouveau, plus fort.

Partagé, confus par ce nouveau désir, je lui attrape le bras. Son expression est pleine de malice alors qu'elle essaie de s'échapper, mais même dans cet état, je suis tellement plus fort qu'elle. C'est facile de la plaquer contre le mur. Ivy halète face à ma vigueur, et ses pupilles se dilatent de désir. Elle se mord la lèvre inférieure et bat des cils – la vierge coquette, nerveuse face à la grande érection qui la presse.

Toujours en jouant, elle essaie de s'esquiver, mais je l'attrape et la force contre le mur à nouveau. Je déchire sa robe, éparpillant les délicats boutons sur le sol en béton. Je baisse son soutien-gorge, révélant ses seins parfaits, et les dévore. Ivy halète et pantelle. J'enfouis ma main dans sa culotte, poussant un doigt dans sa délicieuse chatte. Elle essaie de me bloquer en croisant les jambes, mais je les écarte de force et l'embrasse durement. Elle reçoit trois doigts pour ça. Quand elle essaie à nouveau de s'éloigner, je la regarde attentivement pour m'assurer qu'elle joue toujours, et elle acquiesce. Je la fais pivoter et soulève l'arrière de sa robe, enfonçant ma queue dure comme pierre en elle sans avertissement. Elle crie et étire ses doigts contre le mur.

Je m'arrête, inquiet de l'avoir blessée. Elle tend la main derrière elle et me tire plus près, enfonçant ma queue encore plus profondément, et soupire de plaisir. Ma main libre caresse son clitoris tandis que je la pénètre. Elle est mon salut, toute chaude, douce et humide. Putain. C'est trop. C'est trop bon.

Je me retire pour reprendre mon souffle. Quand Ivy fait un pas de côté, je la repousse et fesse son cul mûr et prêt. Je frappe de plus en plus fort, attendant un cri de douleur qui ne vient pas. Elle gémit et sa peau commence à rougir. Putain, j'ai envie de la mordre. Je tombe à genoux et enfouis mon visage dans son cul réchauffé par mes mains, mordant et suçant ses belles fesses gonflées. Mes doigts reviennent vers sa chatte, si bombée et mouillée qu'elle me rend fou. Ils glissent facilement, et Ivy les serre avec ses puissants muscles, me faisant gémir de désir. Toujours à genoux, mordant et suçant, je commence à la baiser avec mes doigts. Elle est si juteuse que ça coule le long de ma main.

— Mon Dieu, Ivy, je murmure. Elle gémit en réponse ; un son qui signifie qu'elle en veut plus. Je me relève, ma queue tendue vers elle. Je grogne à son oreille. — Tu sais toujours ce dont j'ai besoin.

Les mains toujours au mur, elle pousse son cul pour me permettre un accès facile. Ma queue veut exploser avant même d'être complètement entrée, mais je respire pour me centrer. Jouir maintenant gâcherait tout ; j'ai besoin d'être dur pour démolir Ivy comme j'en ai envie.

Une fois que je me suis ressaisi, je la pénètre. Le gémissement roulant d'Ivy me dit tout ce que j'ai besoin de savoir. Je trouve son clitoris avec mes doigts humides et je me pousse aussi loin que possible. Elle m'avale, si serrée et glissante que je me perds presque.

— Pu-tain, je gémis.

Ivy fait une dernière tentative peu convaincante pour s'échapper, mais je l'attrape et la remets en position, puis je me lance absolument en elle. Une obscurité me possède. Toute la colère et la peur en moi me poussent en Ivy encore et encore, fort et profond. Mes cauchemars, ma douleur. Je les vide tous dans la déesse et elle les accepte. C'est une façon fiévreuse de baiser que je n'ai jamais expérimentée auparavant ; une thérapie violente, pleine d'ombres et de tabous. Pourtant, je vais plus fort et plus vite. J'ai besoin de tout faire sortir. J'ai besoin de me purger de cet endroit, de ces gens et de la terreur de ne plus pouvoir protéger Ivy ou ma famille. Ça traverse mon corps, et cette fois, je le permets. Je jouis dans une tempête de plaisir, vidant mon obscurité en elle, sachant que sa chatte magique la transformera en lumière.

CHAPITRE 24
Barre

ALISTAIR

Le fantasme érotique que j'ai d'Ivy me galvanise. Oui, je suis toujours blessé, mais je peux m'adapter. Qu'est-ce qu'une côte fracturée entre amis ? Ma pommette cassée ne m'empêchera pas de développer ma force. J'ai des années d'expérience à ignorer la douleur.

Je ferai tout ce qu'il faut pour la retrouver.

Cette fois, quand je saute pour faire des tractions sur la vieille barre noire, quelque chose se produit. C'est différent. Je recommence, en y mettant tout mon poids. La barre bouge. Il fait sombre, et je ne distingue pas bien ce qui se passe, mais au troisième essai, une vis rouillée cède, sa tête rebondissant sur le sol en béton.

OUI.

Oui, oui, oui.

Si l'une des vis était suffisamment rouillée pour céder, il y a des chances que les autres le soient aussi.

J'entends mon cœur battre. C'est ça.

Je passe l'heure suivante à faire tomber cette chose, vis par vis. La première prend du temps, mais une fois qu'elle lâche, les autres cèdent plus facilement à chaque traction. Une fois le côté gauche terminé, briser les deux dernières vis à droite est un jeu d'enfant.

Une fois la barre entre mes mains, je me sens euphorique, comme un enfant avec un cadeau qu'il n'a pas encore déballé. C'est mon ticket de sortie. L'espoir, le soulagement et la douleur me traversent. J'inspecte le coin où la barre était fixée au mur. Ce n'est pas évident qu'elle manque, car elle était pratiquement camouflée avant que je la détache — une barre noire contre des briques gris foncé et du béton dans une pièce sombre.

J'ai mon billet de sortie, mais maintenant je dois attendre que l'un d'eux ouvre la porte. Je m'assieds sur le matelas, couvrant la barre avec la couverture crasseuse. Non, ça ne marchera pas. Je me lève et la glisse dans mon dos, à l'arrière de ma ceinture. Elle s'appuie confortablement contre mon dos, prête à être saisie, comme une épée qu'on sort de son fourreau. Si tout se passe bien, ils ne la verront pas venir, et je serai libre.

Je célèbre en m'adossant au mur et en fantasmant sur Ivy — sur ce que je lui ferai quand nous serons de nouveau ensemble. Je pense aux soirées de jeu auxquelles je l'emmènerai, aux partenaires que nous rencontrerons. Je pense aux longues matinées dominicales au lit, à moi cartographiant chaque centimètre carré de son corps nu et exquis. D'abord avec le bout de mes doigts, puis avec mes lèvres. La caresser et la masser et la câliner pendant des jours, peau contre peau. Frotter de l'huile chaude sur son dos, ses seins, ses fesses. Sucer son clitoris tout en la doigtant, traçant la forme de son point G pendant qu'elle se tortille et halète. Puis la pénétrer, toujours si étroite, chaude et mouillée, tandis que j'enfonce ma queue en elle, m'assurant d'atteindre tous les points qui la rendent folle. Je sucerai ses tétons et enroulerai doucement mes mains autour de sa gorge. Jamais assez fort pour lui faire mal, jamais. Juste pour signaler qui commande, comme elle aime. La façon dont je la fais se sentir en sécurité. Je la ferai jouir encore et encore. Des orgasmes intenses qui parcourent tout son corps et la font perdre le contrôle et crier. J'ai hâte de la toucher à nouveau.

J'ai une arme. J'ai un plan. Bientôt, je ferai mon chemin pour retourner vers Ivy.

CHAPITRE 25
Le Moustique et la Montagne

ALISTAIR

Cette fois, quand Arkadi vient me chercher, je suis prêt. Il grogne en poussant la lourde porte métallique. Je suis nerveux et ne peux m'empêcher de réagir en voyant le bandage autour de sa tête. Il lui manque une oreille. Et, à en juger par l'expression meurtrière sur son visage, il m'en tient responsable.

Quelque chose me dit que ce sera notre dernière confrontation. Ce dont je ne suis pas encore certain, c'est de savoir qui va y survivre.

— Dernière chance, camarade, lui dis-je. Je peux faire de toi un homme très riche. Je peux assurer la sécurité de ta famille. Tu n'auras plus jamais à travailler. Plus important encore, tu ne seras plus sur le billot d'Anya.

Arkadi grogne.

— La Bratva est ma famille.

— Le genre de famille qui coupe des parties du corps de ses membres ?

Il ne répond pas. Je suppose qu'il pense avoir mérité cette punition. Il a désobéi aux ordres d'Anya, et à en juger par la façon dont il la regarde, elle est sa divinité. Il a désobéi à son dieu et a dû en subir les conséquences brutales. Putains de sadiques soviétiques.

Le seul point positif, c'est qu'il pourrait ne pas commettre la même erreur cette fois.

Je n'ai pas bougé du matelas depuis son arrivée. Le tuyau est toujours caché dans mon dos, à ma ceinture. J'aurai besoin de l'effet de surprise, étant donné son énorme avantage physique sur moi.

— Je dois parler à Anya, dis-je.

— Mne plevat, répond-il. *Je m'en fous.*

Il n'a pas apporté de nourriture ni d'eau. Je fronce les sourcils.

— Pourquoi es-tu là ?

— On change d'endroit.

Mon cœur fait un bond. Cela signifie sûrement que mon équipe est proche de me localiser ? Je sens mon arme de fortune contre mon dos. Un combat sera certainement mortel pour l'un de nous – probablement moi – mais si Henderson est proche, il peut me sortir d'ici vivant.

Pourquoi d'autre changerions-nous d'endroit ? C'est risqué pour eux. Puis je sens un frisson d'anxiété le long de ma colonne vertébrale : allons-nous vraiment changer d'endroit, ou ont-ils décidé que c'était fini pour moi ? Je tends la main vers le tuyau, agrippant la tige.

— Je ne vais nulle part, dis-je.

L'expression d'Arkadi reste impassible.

— Tu n'as pas à aller quelque part. Je t'y emmènerai.

Je peux l'imaginer me hisser sur son épaule.

— Je reste ici, précisé-je. Je ne quitte pas cette pièce. Je me suis plutôt attaché aux taches d'humidité et aux rats pestiférés.

— Le nouvel endroit a des rats plus sympas, dit-il.

— Je les préfère sauvages, réponds-je.

Le moment est surréaliste – c'est presque comme si Arkadi avait le sens de l'humour. Mais pas tout à fait. Il avance vers moi comme pour souligner ce point.

— Il est temps d'y aller.

— Pas avant d'avoir vu Anya, dis-je.

— Anya est au nouvel endroit, répond-il.

Je pense qu'il bluffe, mais son visage ne trahit rien. Je n'aimerais pas jouer au poker avec cet homme.

Je reste silencieux un moment, comme si j'y réfléchissais, puis je fais mine de me lever.

— D'accord, soupiré-je. Allons rencontrer les rats sympathiques.

Il y a un soupçon de relâchement dans le corps d'Arkadi. Je saisis l'opportunité.

Tuyau métallique en main, je bondis et l'abats sur son crâne aussi fort que possible. Le tuyau vibre comme si j'avais frappé de la roche solide, ce qui me fait me demander s'il l'a même senti. Alors que ma main bourdonne de la réverbération, je vois un filet de sang couler sur son front jusqu'à son œil. Il cligne des yeux et l'essuie, laissant une traînée rouge dramatique sur sa joue. Puis il vient vers moi.

Le coup aurait tué la plupart des gens, mais Arkadi le traite comme des préliminaires. Il sourit en tendant la main vers moi, assoiffé de vengeance. J'essaie de lui asséner un second coup, mais il attrape le tuyau. Je ne le lâche pas. Merde. C'est ma chance de courir.

Donnant à Arkadi un large berth autant que possible, j'essaie de le dépasser, mais son bras jaillit comme un demi de mêlée attrapant un ballon. Il parvient juste à m'agripper, mais j'ai toujours le tuyau, et je le frappe aussi fort que je peux, cette fois écrasant l'arrière de ses genoux. Il plie, mais ne tombe pas.

Arkadi me saisit par les épaules, prêt à fracasser mon front dans ce qui serait sûrement un coup de tête mortel. Il y a toujours du sang qui coule dans son œil, lui donnant l'apparence d'un démon. Je me tords et me débats, mais je ne peux pas échapper à sa prise. Je sais que le frapper ne résulterait qu'en des phalanges brisées. Je suis un moustique face à sa montagne. Je suis fermement dans son emprise et complètement impuissant alors qu'il se prépare à me briser le crâne.

— Arkadi ! hurle Anya depuis l'entrée.

Je ne la regarde pas ; je suis complètement hypnotisé par le visage monstrueux de l'orc, peint de rouge, ses yeux exorbités et son haleine désespérément mauvaise. Il est figé sur place, désireux de me tuer, mais il ne peut pas désobéir à un ordre direct de sa reine. Le seul mouvement est la veine palpitante à sa tempe et ses muscles de mâchoire qui tressautent.

— Arkadi, dit-elle à nouveau, sa voix glaciale. Elle ne le préviendra plus. Elle est peut-être sa divinité, mais il est son chien, et elle le rappelle à l'ordre.

Il tressaille et grogne ; une vibration dangereuse entre nous alors qu'il relâche lentement sa prise. La seconde où je sais que je peux bouger, je pivote avec toute la force que je peux rassembler, lançant le tuyau dans la direction d'Anya. Elle se baisse trop tard. Il la frappe en plein visage, la projetant au sol.

Arkadi pousse un rugissement primordial et tend à nouveau la main vers moi, mais cette fois je suis plus rapide. Je plonge sur Anya, arrachant son arme de son étui. Je roule sur le dos face à Arkadi, désactive la sécurité et tire dans sa poitrine.

La première balle n'est qu'une simple irritation pour lui.

Je me rappelle Anya comparant mes blessures causées par les balles en caoutchouc à des piqûres de moustique. Encore une fois, je suis le moustique.

Deux balles de plus se logent dans sa poitrine, et il avance toujours vers moi. Il n'est qu'à un centimètre quand je réussis enfin à l'atteindre d'une balle à la tête. Il tombe dans ma direction, et je dois rouler avant qu'il ne m'écrase. Son élan le pousse plus loin que prévu. Je roule juste à temps pour l'éviter, mais Anya ne le peut pas. Il est déjà mort quand il s'écrase sur elle. Le son horrible de son corps de léviathan écrasant le sien est quelque chose que je repousse immédiatement de mon esprit, sous peine de l'entendre dans mes cauchemars pour le reste de ma vie.

On pourrait penser que je me lèverais d'un bond de ce sol froid en béton de la prison et que je m'enfuirais en courant, mais je ne peux pas bouger. Le soulagement m'envahit, et je me sens à la fois léger comme l'air et cloué au sol par ce même air. Je tourne la tête pour regarder les cadavres étendus à côté de moi dans leur étreinte finale. Je suis épuisé, assoiffé comme jamais, et tellement soulagé que j'ai une boule dans la gorge.

C'est fini.

Seule l'idée de retrouver Ivy me donne enfin l'énergie de me lever. Je suis un peu chancelant sur mes pieds, mais j'y arrive. Arme à la main, je pars à la recherche d'eau. S'il y a d'autres personnes à tuer en sortant, je considérerai ça comme un bonus.

CHAPITRE 26
Arriviste végane

IVY

— Tu as l'air en forme, dit Christopher, me détaillant de haut en bas les sourcils levés.

— J'en doute fortement, je réponds. Je porte un jean troué et le t-shirt d'hier, mes cheveux sont en chignon désordonné, et je n'ai pas vu un tube de mascara depuis des jours. D'ailleurs, pourquoi Christopher est-il soudain si gentil ? Je le regarde avec suspicion. Qu'est-ce que tu veux de moi ?

Il éclate de rire et ébouriffe ses cheveux. Je veux dire... avec Alex. Tu as l'air bien avec un bébé. Ça te va bien.

— Ah, je fais. Je suis pieds nus dans la cuisine avec un bébé sur la hanche. Tu aimes les femmes tradition- nelles. C'est ça ?

Il rit à nouveau. Non. Je ne pense pas, en tout cas. Je n'en ai jamais rencontré.

— Personne n'en a jamais rencontré, je réplique. Elles n'existent que sur Insta.

— C'est probablement vrai. Quoi qu'il en soit, tu devrais apprendre à accepter les compliments.

Ma mâchoire se décroche. Je sais accepter les compliments.

Il me lance un regard incertain.

— Je t'assure ! J'insiste. Je ne suis juste pas habituée à en recevoir de *ta* part.

— Pourquoi ? Parce que je t'ai traitée d'arriviste végane ?

— Tu as fait *quoi* ? je m'exclame.

Christopher éclate de rire. Je plaisante, meuf.

Bébé Alex semble trouver la conversation amusante et se joint aux rires tonitruants de Chris.

J'attends qu'ils cessent leurs enfantillages – ou du moins que Christopher cesse les siens – puis je lui lance un regard appuyé. Je ne suis pas végane.

Il rugit de rire à nouveau. Je lui tends le bébé, mets un biberon à chauffer, et me prépare un café bien corsé.

— Euh, dit-il, tenant Alex comme si le bébé était radioactif. Ce n'est probablement pas une bonne idée.

— Je ne t'entends pas, je réponds, me penchant vers le ronronnement bruyant de la machine à café sophistiquée.

Une légère panique se lit dans ses yeux. Je ne veux pas le faire tomber.

— Alors ne le fais pas tomber, je réplique.

— Où est Moisissure ?

— Brumilde prend un repos bien mérité. Si tu la réveilles... tu le regretteras.

— Pourquoi ? sourit-il. Qu'est-ce que tu feras ? Tu me jetteras un sort ?

— Quelque chose comme ça.

— Je n'en doute pas, poursuit-il, plissant les yeux. Tu as vraiment une énergie de *sorcière* ou je ne sais quoi.

Je lui souris radieusement. Comme je l'ai dit. Tu le regretteras.

Mon précieux café en main, je m'assieds en face d'eux tandis que Christopher tient maladroitement un Alex qui gigote.

— C'est bien pour vous deux de créer des liens, je dis, savourant l'inconfort de Chris. Si tu joues avec lui, il arrêtera probablement d'essayer de s'échapper de tes griffes.

Il me regarde comme si j'étais folle. Un jeu adapté à un nourrisson ? Les seuls jeux qu'il connaît impliquent probablement du beer pong, ou une partie de poker où l'on se déshabille.

— Coucou-caché ? je suggère. Je prétends être une experte en la matière, mais c'est le seul jeu pour bébé que je connaisse.

Avant que Chris ne commence à se cacher derrière

ses mains, la porte d'entrée s'ouvre et Henderson se précipite à l'intérieur sans nous saluer.

Il nous crie pratiquement dessus. Des nouvelles !

Je bondis, manquant de renverser mon café sur le tapis – très coûteux et terriblement peu pratique.

Je vois que ce sont de bonnes nouvelles à l'éclat supplémentaire dans les yeux de Henderson. Ses joues sont rouges, ce qui fait un changement bienvenu par rapport à sa pâleur depuis la disparition d'Alistair.

Alex, surpris par ce développement – et probablement se sentant en danger dans l'étreinte parfumée à la vodka de son oncle – commence à gémir.

— Mère ! crie Christopher en direction de la suite principale. Mère !

Alex se met à hurler, se demandant probablement pourquoi le grand homme crie. Je le prends, et son corps se détend immédiatement dans mes bras.

— Moi aussi, je serais nerveuse sur les genoux de Christopher, je lui murmure. Je le calme et embrasse le haut de sa tête, savourant l'odeur de ses cheveux doux et propres.

Je regarde Henderson avec espoir, mais nous attendons qu'Isobel arrive.

— Ce sont de bonnes nouvelles, je dis au garde du corps. Je sais que c'est le cas. Je peux le sentir.

Il hoche la tête.

— Vous l'avez retrouvé ? La question sort avant que j'y réfléchisse. Non, ils ne l'ont pas retrouvé. S'ils l'avaient fait, Henderson serait avec lui, pas en train d'entrer dans un penthouse en disant quelque chose d'aussi énervant et vague que « Des nouvelles ».

Mais ce sont quand même de bonnes nouvelles. C'est tout ce qui compte pour l'instant. Je prends le biberon d'Alex du chauffe-biberon et je le nourris pendant que j'attends les trois minutes interminables qu'il faut à Isobel pour arriver.

— Alors ? exige-t-elle, les yeux pleins d'espoir.

— Bon, dit Henderson. J'ai une bonne nouvelle, et j'en ai une encore meilleure.

Nous le fixons tous dans un silence absolu comme si nos vies dépendaient des mots qui suivront.

— L'oreille coupée n'était pas celle d'Alistair.

— Oh, Dieu merci, dit Isobel, la main sur sa poitrine.

— Il semble que ce n'était qu'une ruse pour attirer notre attention.

Christopher se frotte le visage. Quels *enfoirés*.

Isobel lui frappe l'épaule et fait un geste vers le bébé. Si Chris se sent réprimandé, il ne le montre pas.

Je suis trop nerveuse pour être soulagée. La meilleure nouvelle ? je demande, ma voix rauque d'anxiété.

Henderson sourit, la mâchoire crispée ; je vois qu'il est aussi tendu que moi. Il s'éclaircit la gorge. Brodie a trouvé une correspondance pour l'empreinte partielle sur la boîte cadeau. Nous savions qu'elle appartenait à un motard local. Nos gars l'ont trouvé et ont extrait les détails de l'expéditeur.

Aïe, je pense. J'espère que le pauvre type a cédé pour quelques milliers de bahts et n'a pas été soumis à un quelconque processus... d'*extraction*.

— Mais nous *connaissons* déjà les détails de l'expéditeur, dit Christopher. Ce sont ces enfoirés de Russes.

Alex glousse devant la grimace d'Isobel.

— Nous avons l'adresse, dit Henderson, incapable de cacher l'espoir dans ses yeux. *Nous avons l'adresse.*

— Où ils retiennent Alistair ? demande Isobel.

— À mon avis, oui.

— Alors pourquoi es-tu ici ? exige Christopher, une veine à sa tempe visiblement palpitante.

Henderson tend la main. Je sais, Chris, je sais. C'était aussi mon premier instinct. Mais Brodie avait déjà organisé une force d'opérations spéciales, une équipe locale qui connaît ce secteur comme sa poche. Ils ont des yeux partout, ils parlent la langue, ils connaissent les dangers, les portes et les tunnels secrets. Brodie promet que ce sera une opération efficace, avec moins de risques pour Alistair que si nous y allions nous-mêmes.

Christopher souffle, mais cela a du sens.

— Ils sont déjà en route, ajoute Henderson, sortant son téléphone de la poche de sa veste et le posant sur la table basse. Nous devrions avoir des nouvelles bientôt.

Je réalise soudain que j'ai du mal à respirer. J'ai chaud, je transpire, et les couleurs dans la pièce semblent trop vives. Je n'arrive pas à avoir assez d'air.

— Ivy, dit Isobel. Sa voix traverse la pièce comme du verre. Est-ce que ça va ?

Je hoche la tête, essayant toujours de prendre de l'oxygène, mais mes poumons tressautent. Elle s'avance vers moi et prend Alex, puis ordonne à Chris de m'apporter une tasse de thé. Elle prend ma main moite dans la sienne, ferme et assurée.

— Tout va bien se passer, dit-elle.

Je hoche la tête, mais je ne peux pas parler. Je n'ai pas de mots, de toute façon.

Mon halètement ralentit, et lentement je reprends mon souffle.

Elle est douce avec moi. C'est beaucoup à gérer, mais Alistair va s'en sortir.

Comment peut-elle en être si sûre ? Nous ne savons rien de cette équipe thaïlandaise d'opérations spéciales. Nous savons très peu de choses sur Brodie. Et ce que nous savons du Mirror Bratva suffit à nous donner des cauchemars pour la vie. Il n'y a absolument aucune garantie qu'Alistair survive.

Je réalise que j'ai refoulé mes sentiments parce qu'ils sont trop effrayants à traiter correctement. Faire du café, tenir Alex, parler à Becks hier soir, faire comme si tout allait bien. Faire ce que je pouvais pour tenir à distance l'ombre menaçante de la mort. Essayer de fonctionner comme un être humain normal alors que tout mon corps est en état de choc et de deuil à cause du danger dans lequel se trouve Alistair. Comment puis-je respirer quand Alistair ne respirera peut-être plus jamais ?

Christopher pose brutalement une tasse de thé fort sur la table. Ne dis pas que je ne fais jamais rien pour toi.

Je sais qu'il essaie de garder un ton léger, mais mon corps vibre d'anxiété.

Le téléphone de Henderson commence à sonner. Il regarde l'écran et expire entre ses lèvres pincées, puis nous fait un signe de tête et répond à l'appel.

CHAPITRE 27

Projections de sang

IVY

Nous nous figeons tous.

Henderson répond à l'appel en haut-parleur. — Tu l'as trouvé ?

S'il vous plaît mon dieu s'il vous plaît mon dieu s'il vous plaît mon dieu, je pense. N'importe quel dieu fera l'affaire.

— Il n'était pas là, dit la voix tendue. Brodie.

Je laisse échapper un sanglot involontaire. J'avais tellement espéré que ce cauchemar était terminé.

Henderson a l'air sur le point de fracasser le téléphone, mais se retient juste à temps. Il déglutit de façon audible et fléchit ses doigts. — Que s'est-il passé ?

Ne panique pas complètement, j'entends Becks dire dans ma tête. *Ils ont dit qu'il n'était pas là. C'est mieux que de trouver un cadavre. Si tu paniques maintenant, tu ne pourras pas réfléchir clairement. Juste... respire.*

Nous fixons le téléphone.

— C'était le mauvais endroit ? demande Henderson. De mauvais renseignements ?

Ou pire, un piège ?

— Non. C'était définitivement le bon endroit. L'ADN de M. Ravenscroft était partout.

Mon estomac se noue. *Partout ?*

Je cherche désespérément quelqu'un qui dira quelque chose. N'importe quoi.

Henderson tremble. — Du sang ?

Il y a une pause. — Oui, mais la majeure partie n'était pas le sien.

— *La majeure* partie ? exige Christopher. C'est quoi ce bordel ? Qu'est-ce qui s'est passé là-bas ?

— Difficile à dire d'après les premières constatations, répond le stagiaire. Il y a certainement eu une lutte. Beaucoup de projections de sang nettoyées, détectées au Luminol et aux UV. Un corps a été déplacé, peut-être deux, à en juger par les traces de traînée.

— Mais pas le corps d'Alistair, dit Henderson.

— Rien n'indique qu'il s'agissait du corps d'Alistair.

— Et vous êtes sûr que votre escouade des opérations spéciales ne joue pas sur les deux tableaux ?

— J'en suis sûr. Ils veulent que les Russes disparaissent autant que nous. Avoir une activité criminelle étrangère sur leur territoire les rend nerveux. Ça les expose à des enquêtes quand les choses tournent mal.

— Il s'est échappé, je murmure.

Isobel me regarde. — Qu'avez-vous dit, ma chère ?

— Il s'est échappé. Si ce que dit Brodie est vrai.

— Pas nécessairement, répond Christopher, mais je vois qu'il se sent aussi plus optimiste.

— Vous l'avez dit vous-même, je dis à Isobel. Vous avez dit que c'est un survivant.

Elle hoche la tête. — On ne peut qu'espérer.

— Il y a une chance qu'il se soit enfui, dit Brodie, me rappelant que nous étions toujours en ligne. Mais nous devons nous préparer aux deux éventualités. N'importe quoi aurait pu se passer.

Je me souviens de Brodie suivant Blackwood dans les fausses funérailles du Baron de Verre, seulement pour découvrir le cadavre encore frais de son mentor. Oui, nous ne devrions pas nous emballer avec ces gens sournois. Impossible de savoir ce qui s'est réellement passé dans cette pièce éclaboussée de sang.

Mais, au fond de moi, je sais qu'Alistair est vivant. Et je dois le retrouver.

Je me lève d'un bond, puis le regrette car je suis prise d'un vertige.

Projections de sang. Traces de traînée. Cadavre frais.

J'ai chaud et froid en même temps. Henderson est à côté de moi, sa main forte me stabilisant. Une fois que la sensation de flottement passe, je lui fais un signe de tête. Il me le rend et me lâche.

Isobel est inquiète. — Ivy, ma chère. Vous êtes pâle comme un linge. Asseyez-vous.

— Je dois aller le rejoindre, dis-je, la bouche sèche de nervosité.

Trois paires d'yeux écarquillés m'examinent, puis ils parlent tous en même temps.

L'expression d'Henderson est sévère. — Pas question que ça arrive.

Je n'entends pas Isobel par-dessus Christopher, qui bredouille : — Bon Dieu. La végane est devenue complètement folle.

J'ai envie de lui dire d'aller se faire voir, mais s'il ne se souciait pas de moi, il n'aurait rien dit, donc je prends ça comme une victoire — sauf qu'il continue. — Pas assez de steak dans ta vie, dit-il, ça te rend dingue.

Maintenant j'ai *vraiment* envie de lui dire où se le mettre, mais j'ai des choses plus importantes à faire. Je cherche mon sac à main et mon téléphone, puis me souviens que je n'ai ni l'un ni l'autre.

— J'ai besoin d'argent et d'un téléphone, dis-je à Henderson.

— Heureusement pour toi, j'ai les deux, répond-il.

— Tu viens avec moi ?

Il ricane. — Comme si j'allais te laisser partir seule.

Elle apprend lentement, celle-là, je peux l'imaginer penser.

— Bien. Super. Merci.

— Je ne suis pas sûre que ce soit une bonne idée, dit Isobel, en se mordant la lèvre inférieure parfaitement maquillée.

Je n'ai pas besoin de sa permission, mais je veux la rassurer. — Je comprends votre inquiétude. Mais si j'ai raison, et qu'Alistair s'est échappé, il n'aura aucun moyen de nous contacter. Il va essayer de me retrouver. Il ira à la villa. Tout ce que je vais faire, c'est y aller et l'attendre.

— La villa n'est pas sûre, répond-elle.

— Henderson la rendra sûre, je réponds.

Isobel hésite, puis me fait un signe de tête réticent. Christopher lève les yeux au ciel mais me serre dans une étreinte d'ours. C'est maladroit mais réconfortant. J'embrasse le bébé Alex sur la tête et suis récompensée par un joyeux gazouillis. Je réalise que je ne veux pas le laisser derrière.

— Alors, dit Henderson en descendant. Je t'ai acheté un nouveau téléphone.

Il le sort de sa poche. L'écran brille sous les lumières de l'ascenseur. Pauvre Henderson. C'est environ le cinquième téléphone qu'il a dû m'acheter. Ça semble devenir un passe-temps plutôt ennuyeux mais coûteux.

— Mais voici le marché, dit-il. Tu ne peux pas dire à Rebecca Bradley où nous allons.

Je tends la main vers le téléphone, mais il ne me le laisse pas prendre.

— Becks est ma meilleure amie, j'argumente. Elle a fait tout ce voyage pour m'aider.

— Discute avec elle autant que tu veux, dit-il. Mais

ne lui dis pas où nous sommes, et ne mentionne rien concernant l'affaire.

Je rougis de frustration. — De quoi d'autre pourrions-nous parler ? C'est toute la raison pour laquelle elle est ici ! Elle comprend les enjeux.

Les lèvres d'Henderson forment une ligne droite. — Si elle comprenait quoi que ce soit, elle n'aurait pas amené un inconnu non vérifié dans l'équation.

— Noah n'est pas un inconnu. Ils sortent ensemble depuis aussi longtemps qu'Alistair et moi.

Henderson s'éclaircit la gorge et cligne des yeux en me regardant. — Exactement.

D'accord, très bien. Il marque un point.

— Et bien sûr qu'elle l'a vérifié. Elle vérifie tout le monde. C'est une journaliste d'investigation minutieuse et talentueuse.

— J'en informerai Brodie quand il sera moins préoccupé, dit Henderson. Mais, pour l'instant, tu dois me promettre. Noah doit être considéré comme dangereux jusqu'à preuve du contraire.

Ses yeux, habituellement pétillants et amicaux, ont maintenant un regard intense.

— Bien sûr, dis-je, et je le pense. Aussi irritant que je trouve Noah, je doute qu'il ferait de mal à une mouche.

Sur la route animée devant l'hôtel, Henderson nous trouve un tuk-tuk.

— Sérieusement ? dis-je en montant. Jamais de la vie je n'aurais imaginé Henderson en costume élégant dans un tuk-tuk clinquant. Il est tout en pompons argentés, paillettes et autocollants.

— Ce sera plus rapide, répond-il, et il glisse de l'argent dans la main du chauffeur, disant quelque chose en thaï que je ne comprends pas.

Alors que le tuk-tuk navigue dans les rues animées, mes sens sont bombardés de visions et de sons vibrants. Des rangées d'étals colorés de vendeurs offrent des fruits tropicaux et des brochettes épicées fraîchement grillées. Les motos se faufilent habilement dans la circulation, leurs conducteurs équilibrant de tout, des poulets vivants et des piles de linge aux bonbonnes de gaz et aux membres de la famille. Au loin, je vois le sommet des flèches ornées d'un temple bouddhiste doré. Je prends une respiration et regarde Henderson. Je suis nerveuse comme pas possible, mais j'ai un espoir grandissant que tout va finalement s'arranger. Alistair est en route vers la maison. Je le sais.

CHAPITRE 28
Ligne d'arrivée

ALISTAIR

Être à l'air libre est complètement dingue. Je suis tellement habitué à l'obscurité silencieuse du sous-sol que cette liberté est un véritable assaut sur mes sens. Mes yeux souffrent de la luminosité du soleil, les klaxons et le bourdonnement constant de la circulation font pulser mon cerveau enflé. Les vendeurs de nourriture de rue m'offrent des aliments qui me font remonter la bile. J'ai trop faim pour manger. Je suppose qu'il y a une première fois à tout.

Je hèle un taxi et j'explique au chauffeur que je ne pourrai le payer qu'à destination. Il ne semble pas du tout inquiet et m'invite joyeusement à monter dans sa voiture. Je lui explique que je devrai sortir du taxi pour récupérer l'argent et que cela pourrait prendre un moment. Il me sourit simplement et me fait un pouce levé. J'imagine mal ça se produire à Londres.

Assis sur la banquette arrière, je me sens à nouveau écrasé par tout ce qui s'est passé, mais ensuite, je m'autorise à espérer revoir Ivy, et je commence à me sentir plus léger. Est-il vraiment possible qu'elle soit dans mes bras d'ici quelques heures ? J'ose espérer. L'espoir a été ce qui m'a maintenu en vie, ce qui m'a gardé fort. Je peux traverser n'importe quelle épreuve si Ivy est à la ligne d'arrivée.

Je commence à me sentir euphorique. Je ferme les yeux et pense à elle, et à Alex. Brumilde dans son tablier saupoudré de farine. Ma petite famille bricolée. Je réalise que je veux officialiser les choses dès que possible. Je demanderai à Henderson de lancer la procédure d'adoption. Bien sûr, ce ne serait pas techniquement une adoption légale, mais nous pourrions obtenir les documents nécessaires pour que cela semble officiel. Alex sera mon fils.

Non. Ce n'est pas juste. Ce que je veux dire, c'est que *si* Ivy accepte, Alex sera *notre* fils.

Mais comment puis-je demander à Ivy d'adopter un bébé ? Il me semble à peine juste de lui demander de s'engager pour toute une vie à élever l'enfant d'inconnus. Elle ne vit pas sous l'ombre constante de la culpabilité en forme de Mariya qui m'a poussé à ramener Alexander en Angleterre.

Elle ne connaît pas les mauvaises choses que j'ai

faites. Elle n'a pas besoin de la rédemption que je recherche désespérément.

Je regarde mon arme à feu nouvellement acquise.

Me penchant en avant, ignorant la douleur lancinante dans ma cage thoracique, j'attire l'attention du chauffeur. — Y a-t-il un... un prêteur sur gages à proximité ?

CHAPITRE 29
Un Sac en Papier

IVY

Henderson et moi sommes assis dans un silence inconfortable à la villa. Ce n'est pas tant gênant que stressant ; nous sommes tous les deux à cran et ne savons pas quoi faire de nous-mêmes. Alistair viendrait-il vraiment ici s'il avait réussi à s'échapper ?

J'ai toujours ces mots terribles dans ma tête : *éclaboussures de sang* ; *cadavre frais*, et l'image difficile à oublier d'une oreille démembrée dans une boîte cadeau ensanglantée.

— Tu as déjà utilisé ton nouveau téléphone ? demande Henderson.

Je sais ce qu'il veut vraiment savoir. — Je n'ai pas dit à Becks ce qui s'est passé ni où nous sommes.

— Bien, répond-il.

— Tu penses vraiment que Noah est suspect ? Il

semble totalement inoffensif.

Henderson s'éclaircit la gorge. — Tout le monde est suspect jusqu'à preuve du contraire.

— Il a l'air gentil, dis-je. Il a amené Becks jusqu'ici pour me voir.

Henderson n'a pas l'air convaincu. — Hmm.

Honnêtement, je ressens la même chose à propos du nouveau petit ami de Becks. Pourquoi n'avais-je jamais entendu parler de lui ? Pourquoi payait-il déjà des billets d'avion si tôt dans leur relation ? Bon, d'accord, je ne suis pas bien placée pour juger. J'ai littéralement emménagé avec Alistair quelques jours après l'avoir rencontré. Mais... quand même.

— Je ne lui fais pas confiance non plus, j'admets. Mais je ne fais jamais confiance aux petits amis de Becks. Je pense que c'est plus lié à ma possessivité qu'autre chose. Et puis, je n'étais pas dans mon état normal quand j'ai rencontré Noah. Tout était incertain.

C'était un euphémisme. J'avais à peine survécu à La Grande Nage et puis, soudainement, il y avait un homme étrange à l'hôpital qui disait être avec Becks. Et elle avait cette expression rêveuse dans les yeux. Ça m'inquiétait parce que ce n'était pas dans son caractère. Becks ne tombe pas amoureuse. Becks ne s'entiche même pas des gens. Elle semble beaucoup trop intelligente pour ça.

— Elle a un bon radar, quand même, dis-je. Becks. Elle juge bien les gens.

Henderson fait une grimace.

— Elle fait juste *semblant* de ne pas t'aimer, j'insiste. Je vois cette lueur dans son regard quand tu es dans la pièce.

Henderson rougit et s'éclaircit la gorge. Oh mon dieu ! Pourquoi rougit-il ? Leur attirance d'ennemis-à-amants est-elle réciproque ? Pas possible !

Et puis... pas étonnant que Henderson n'aime pas Noah ! Est-ce pour ça que je ne suis pas sûre de lui ? Pauvre Noah. Il est probablement juste un innocent pris dans ce feu croisé de Cupidon. Probablement un type vraiment décent qui est arrivé au mauvais endroit au mauvais moment.

Henderson a l'air distinctement mal à l'aise, alors je change de sujet. — Tu penses qu'Alistair viendra ici, à la villa ? Tout cela semble un peu trop facile. S'échapper de la mafia russe et se diriger directement vers ton logement de vacances pour un piña colada.

— Eh bien, quand tu le présentes comme ça... dit-il, avec l'ébauche d'un sourire. Ça ne semble pas probable, n'est-ce pas ?

Mon expression doit trahir ma consternation, car il enchaîne rapidement.

— Il viendra ici. Où irait-il ailleurs ? Il n'a pas de téléphone, pas d'argent et pas de contacts à Koh Samui. C'est la seule adresse qu'il connaît.

Je hoche la tête. La plupart des gens iraient à la police, mais je suppose qu'il va probablement sauter cette étape.

— Lucky a contacté tous les hôpitaux de l'île. Ils appelleront immédiatement si quelqu'un correspondant à la description d'Alistair est admis.

— Ça n'arrivera pas, dit une voix rocailleuse depuis la porte d'entrée.

Mon cœur reconnaît la voix et explose presque dans ma poitrine. Tout est au ralenti tandis que je tourne la tête pour faire face à Alistair, bouche ouverte, yeux déjà remplis de larmes. Ses yeux sont enfoncés, il a les débuts d'une barbe, il a perdu du poids, sa pommette est enflée, mais il est vivant.

Alistair est vivant. Cette connaissance me fait fondre.

Henderson se lève d'un bond. — Monsieur !

Si je me lève, je pense que je vais m'évanouir, mais je le fais quand même. — Alistair ! je sanglote.

— Je vais appeler un médecin, dit Henderson.

Alistair secoue la tête, levant sa main. — Pas nécessaire.

— Avec tout le respect que je vous dois, dit Henderson, je pense que c'est absolument nécessaire.

— Ce n'est rien qu'une douche et un whisky ne puissent arranger.

Ma bouche béante n'a pas encore prononcé un mot autre que son nom. — Alistair, je répète, me forçant à croire que c'est vrai ; à croire que le cauchemar est terminé. Que la pièce manquante de mon cœur est revenue. Je ne me souviens pas d'avoir traversé la pièce, mais la chose suivante que je sais, c'est que je suis dans ses bras chauds et forts, et je pleure comme une enfant inconsolable.

— Tu es vivant, je sanglote. Tu es vivant.

— Uniquement grâce à toi, murmure-t-il dans mes cheveux. Il me serre fort, et je ne veux jamais qu'il me lâche. Nous restons comme ça un moment, puis Alistair se souvient de quelque chose.

— Ah. Henderson. Il y a un chauffeur de taxi dehors...

— Ne dites plus rien, répond Henderson en prenant son téléphone et son portefeuille pour aller payer l'homme.

— Donne-lui un..., dit Alistair.

— Un pourboire énorme, oui monsieur.

La chemise sale d'Alistair est mouillée de mes larmes. Il me frotte doucement le dos, me laissant pleurer, alors que je devrais être celle qui le soutient après ce qu'il a traversé.

Je lève les yeux vers lui. Je pleure toujours comme une madeleine. — Est-ce que tu vas *bien* ?

Il sourit. — Oui. Je vais bien.

— Tu es blessé ?

Il pousse un petit soupir. — Pas beaucoup. Une côte ou deux fracturées, donc maintenant on est assortis.

Je pense à Adam et Ève, mais l'analogie ne fonctionne pas.

— Ton visage, dis-je, voulant le toucher, mais ne voulant pas lui faire mal.

— Ce n'est rien, dit-il. Ça me donne juste un peu plus de caractère. Peux-tu encore m'aimer quand je suis aussi laid ?

Je ris à travers les larmes. On pourrait mettre Alistair sur un ring de boxe avec Muhammad Ali et il serait toujours l'homme le plus magnifique de la pièce.

Je hausse les épaules. — Je suppose que je pourrais mettre un sac en papier sur ta tête.

Il rit et me tire dans ses bras à nouveau. — Mon Dieu. Tu m'as manqué. J'ai pensé à toi constamment.

— Pareil, je dis.

Alistair arrête de rire, et sa voix semble tendue. — Tu m'as aidé à traverser le pire.

Nous nous étreignons jusqu'à ce que Henderson revienne.

— Le chauffeur de taxi est réglé, monsieur, dit-il, clignant rapidement des yeux. Puis-je avoir votre permission d'appeler votre famille et de leur faire savoir que vous êtes de retour ? Êtes-vous prêt pour un débriefing ? Je veux toujours appeler un médecin.

Alistair sourit à nouveau. — J'apprécie ton inquiétude, Henderson. Je vais bien.

— Je vais faire livrer des analgésiques et des antibiotiques au plus vite. Et de la nourriture.

— Et du champagne, dit Alistair, en me regardant dans les yeux. Nous n'avons jamais eu autant à célébrer.

Je ne peux même pas penser à la nourriture ou à l'alcool. Tout mon être vibre d'anxiété post-traumatique, et je ne suis même pas celle qui a été enlevée.

— S'il te plaît, dis à ma famille que je vais bien. Et organise une fête. Un festin, sans compter les dépenses. Peut-être sur la plage.

— Aujourd'hui ? demande Henderson. Ce soir ?

— Non, Alistair secoue la tête. Demain. Ses yeux transpercent les miens. Verrouille cet endroit. J'ai besoin de vingt-quatre heures complètement ininterrompues.

Je rougis.

— Oui, monsieur. Bien sûr.

CHAPITRE 30
Savon et Whisky

ALISTAIR

Voir le beau visage d'Ivy est le seul analgésique dont j'ai besoin. Sa simple présence absorbe mes douleurs et restaure ma force. Je pensais avoir besoin de soins médicaux, mais dès que je l'ai vue, je me suis senti guéri. En grande partie, du moins. De temps en temps, une douleur fulgurante traverse mon torse, mais rien que je ne puisse supporter.

— Je t'ai apporté un cadeau, lui dis-je.

Ivy ferme les yeux et laisse échapper un petit rire bref. — Il n'y a que toi.

— Quoi ?

— Il n'y a que toi pour revenir avec un cadeau après avoir été emprisonné par la putain de Bratva. Son sourire s'efface. — Oh, mon Dieu, ce n'est pas la tête de quelqu'un ou un truc du genre, j'espère ?

C'est à mon tour de rire. — Non, ma chérie. Pas du tout. J'ai dû laisser ça dans le taxi. Le chauffeur a insisté.

Elle me frappe le bras, puis grimace et s'excuse.

— C'est bon, dis-je. Je ne suis pas fragile.

— Montre-moi, répond-elle, sa main se déplaçant vers mes fesses, puis vers mon sexe. — C'est ça mon cadeau ?

— Ce n'est pas à ça que je faisais référence, mais tu y as droit si tu veux.

— Tu sais, murmure-t-elle, tu sais combien de fois j'ai fantasmé sur toi depuis que tu es parti ?

— Moins de fois que moi, je réponds. Tu as été ma compagne constante là-bas.

— Comment c'était ? L'endroit où ils t'ont gardé ?

— Sinistre. Et il n'y avait jamais assez d'eau.

— Laisse-moi t'en chercher !

— J'en ai eu plein pendant le trajet. J'ai descendu deux litres en venant ici.

— Je veux tout savoir, dit-elle. Je veux t'aider à guérir.

— Tu es tout ce dont j'ai besoin pour guérir. Je suis tellement soulagé que tu ailles bien. Je suis désolé de t'avoir poussée du yacht. Ça a dû être terrifiant.

— Pas aussi terrifiant que de voir quelqu'un te tirer dessus.

— J'ai détesté te savoir là-bas dans l'eau froide et noire. Je ne me le pardonnerai jamais.

— Tu m'as sauvé la vie.

Je sens une étincelle de colère. — Ta vie n'aurait

jamais dû être en danger en premier lieu. Tu es ma responsabilité. C'est mon travail de te garder en sécurité.

— C'est ce que tu as fait, insiste Ivy.

— Ça n'arrivera plus jamais, je promets. Nous allons nettoyer l'opération Ravenscroft pour de bon, et nous n'aurons plus jamais à nous inquiéter de ce genre de choses.

— J'aimerais le croire. Je ne pense pas pouvoir survivre à une répétition.

— Tu n'auras pas à le faire. C'est le signal d'alarme dont toute la famille avait besoin. Ils seront moins réticents à stopper les opérations illégales maintenant. Ils verront que ça n'en vaut tout simplement pas la peine.

Elle hoche la tête, clignant des yeux pour chasser ses larmes. Elle est honnêtement encore plus belle que dans mes souvenirs.

— Quand nous avons perdu Ariana à cause des Redbricks et que père a perdu la tête, il ne semblait plus y avoir grand-chose pour quoi vivre. Il ne restait plus personne à protéger. C'était facile de se concentrer uniquement sur le développement de l'entreprise, d'augmenter les résultats sans trop réfléchir aux conséquences. Mais ensuite... tu es entrée dans ma vie.

Ivy me fait un sourire espiègle. — *Tombée* dans ta vie.

Je souris. — Maintenant, les manœuvres dangereuses n'ont plus de sens. Il n'y a aucune somme d'argent au monde à laquelle je ne renoncerais pas pour te garder en sécurité. Je n'ai plus besoin de courir après les risques pour me sentir vivant.

— Et maintenant Ariana est de retour, dit-elle. Ton père va mieux. Et nous avons le petit Alex.

Est-ce qu'elle considère Alex comme de la famille ? Je me demande. Ou si ce n'est pas le cas, pourrait-elle le faire ?

— Exactement, dis-je. Il est temps de faire le ménage et de protéger ce qui compte vraiment.

Une vague de fatigue me frappe comme un mur de briques.

Ivy le remarque. — Tu dois être épuisé, dit-elle. Tu veux t'asseoir ? Ou dormir ?

— Pas question que je dorme maintenant que je t'ai retrouvée, je réponds.

Elle me gronde pour plaisanter. — Tu as besoin de repos.

— Ce dont j'ai vraiment besoin, c'est de toi. Mais d'abord, je vais me doucher.

— Je guetterai la livraison, dit-elle. Je vais préparer quelque chose.

— N'y pense même pas. Ma voix sonne rauque. — Garde toute ton énergie pour moi.

Ivy, toujours en larmes, glousse. Je n'ai pas entendu ce son depuis longtemps, et cela me fait penser que tout va bien se passer.

Je vais faire en sorte que tout se passe bien. Mais d'abord : savon et whisky.

J'utilise la douche extérieure. Je n'aime pas l'idée d'entrer dans une pièce fermée, et je préfère de loin l'air libre et le soleil. Quand je tends le bras pour savonner mes épaules, Ivy apparaît derrière moi et prend le loofah savonneux de ma main. Lentement, doucement, elle lave mon dos en cercles lents, puis passe à mes bras, mes jambes, mon torse. Le sable et le sang séché s'écaillent et tourbillonnent vers la bonde. La moitié de mon corps est couverte d'ecchymoses, et elle prend particulièrement soin des lacérations. Elle recommence à pleurer quand elle voit les dégâts causés par les balles en caoutchouc, alors j'accroche le loofah et la serre dans mes bras, la mouillant au passage.

— C'est une bonne chose que tu portes un t-shirt blanc, je la taquine.

Elle baisse les yeux et rit. Le tissu mouillé colle à ses seins de la plus belle des façons.

— Tu es impossible, dit-elle en reniflant.

— Hmm-hmm. Je l'attire à nouveau vers moi. Je ne veux jamais la lâcher.

CHAPITRE 31

Manger d'abord

IVY

Je n'arrive pas à croire qu'Alistair est de retour. Je suis encore sous le choc. Le bon genre, bien sûr, mais mon corps ne semble pas le savoir. Je suis un enchevêtrement de nerfs et de mains tremblantes, et les larmes continuent de couler, même quand je suis sûre de n'en avoir plus. Je ne me sens pas à l'aise dans ma peau.

Toute habillée, je le rejoins sous la douche, et cela me fait me sentir un peu mieux. Le martèlement de l'eau chaude et la sensation de sa peau semblent m'apaiser un peu. Une fois que je me sens légèrement mieux, je sors sur la terrasse, j'enlève mes vêtements mouillés et je me sèche.

On frappe à la porte. La séquence des coups m'indique que c'est un garde du corps. J'enfile le peignoir luxueux de la villa et vais ouvrir, regardant d'abord par le judas, comme on me l'a appris. Je reconnais l'homme et ouvre. Il me salue par mon nom et apporte cinq lourds sacs de courses, puis une caisse de champagne. Il propose de les déballer, mais je préfère le faire moi-même.

Je le remercie et remplis le réfrigérateur et l'énorme corbeille de fruits. Il y a beaucoup de fromages et de charcuteries, alors je pense que je vais préparer un plateau pour nous, comme celui que Brumilde avait composé lors de ma première soirée au manoir. Je n'avais pas faim avant, mais je pense que manger aidera à faire disparaître cette terrible anxiété qui me ronge l'estomac. Et l'alcool – j'en veux maintenant. Tout ce qui pourra m'aider à me calmer. Je suis tellement tendue que je ne refuserais pas du Rohypnol si on m'en proposait.

On pourrait penser que je ne serais que bonheur et arcs-en-ciel maintenant qu'Alistair est rentré sain et sauf, mais mon corps a l'impression d'être en feu à l'intérieur, et pas dans le bon sens. Je suppose que c'est le SSPT de mon propre enlèvement qui refait surface dans mon subconscient. J'avais travaillé avec Dr Sandringham sur la libération du traumatisme, et je pensais que ça se passait bien. Mais ces choses prennent du temps.

Je prends quelques respirations profondes pendant que je dispose les différentes gourmandises. Il ne voudra probablement rien de trop riche, donc de cette façon il peut choisir parmi l'assortiment sur le plateau. Artichauts, olives, câpres-baies, charcuteries, chutney épicé à la mangue avec du camembert fondant et du cheddar friable. Torsades au fromage et crackers salés. J'ajoute des pommes et des pêches en tranches, une grappe de raisins, ainsi que quelques figues parfaitement mûres. Je saute le caviar.

Je suppose que le champagne sera à température ambiante, mais quand j'ouvre la boîte, les bouteilles sont froides, ce que je trouve très satisfaisant, et aussi un peu troublant, car je ne me reconnais plus. Je refoule ce malaise et me concentre sur le moment présent. Alistair est tout ce qui compte maintenant.

Les médicaments et les fournitures de pansement sont dans le troisième sac, le dessert dans le quatrième.

Je trouve de la glace, des fraises, de la crème fraîchement fouettée, et un pot de miel-gingembre que je réchauffe dans le micro-ondes sophistiqué. Peut-être que la douceur rappellera à Alistair des moments plus heureux. Je mets également tout cela sur un plateau, pour que nous en ayons un salé et un sucré.

Quand Alistair me trouve dans le salon, il regarde la nourriture puis me regarde.

— Si délicieux, gronde-t-il. Je ne sais pas qui dévorer en premier.

Je glousse et laisse mon peignoir s'ouvrir juste assez. — Je sais à quoi tu penses.

— Vraiment ? demande-t-il, une expression amusée sur son visage ridiculement séduisant.

— Tu penses que tu ne devrais pas boire de champagne quand tu es blessé.

Ses yeux pétillent, me faisant penser qu'il se souvient de cette conversation de la première nuit que nous avons passée ensemble. — Ce n'est pas du tout ce à quoi je pensais.

— Donc, afin de... *limiter les risques*... j'ai aussi mis de l'eau dans le seau à glace pour toi.

Il s'approche, le regard affamé. — J'apprécie ta stratégie d'apaisement.

— Maintenant tu utilises des mots de milliardaire que je ne comprends pas. Tu oublies que je suis une simple roturière.

Alistair s'agenouille devant moi. — Il n'y a rien d'ordinaire chez toi, Ivy Mickelson.

Tout chez moi est ordinaire. Je ne sais pas pourquoi Alistair pense le contraire, mais je peux voir qu'il croit ce qu'il dit, alors je ne discute pas. S'il y a quelqu'un de plus grand que nature et de merveilleux dans cette pièce, c'est lui. Malgré le fait qu'il soit milliardaire.

— Tu te souviens de notre première nuit ensemble, dis-je.

— Chaque instant. Tu te méfiais de moi, comme il se doit.

— Tu m'as portée quand j'étais inconsciente. Tu m'as

acheté un pyjama en soie. Tu m'as préparé un bain moussant.

— Des signaux d'alarme à foison, plaisante-t-il.

— Tu m'as versé mon premier verre de vrai champagne, que j'ai promptement avalé de travers.

— C'était prévu. J'étais prêt à te faire du bouche-à-bouche.

Je ris. — On a l'impression que c'était il y a des années.

— Eh bien, dit Alistair en traînant ses doigts sur mes cuisses nues. Il s'est passé beaucoup de choses depuis.

— Trop, je réponds. J'espère que les choses vont se calmer maintenant. J'aimerais avoir un peu de temps paisible avec toi pour qu'on puisse simplement se détendre et profiter l'un de l'autre.

— En effet, murmure Alistair, son toucher devenant plus ferme. Nous n'avons pas fait assez de progrès sur notre liste de fantasmes.

— Je parie que si nous avions quelques jours et uniquement cette liste à explorer, nous pourrions y faire une belle entaille.

— Hmm, dit Alistair. J'aime cette idée.

Il ponctue sa phrase en atteignant le bas de mon dos et en tirant mes hanches vers lui, me faisant glisser sur le canapé, puis me tend une flûte fraîche. Il prend une gorgée de la sienne, puis commence à lécher ma chatte, suçant mon clitoris, le faisant tournoyer lentement en cercles avec sa langue magique.

Je ferme les yeux et me détends dans le plaisir. Je n'arrive pas à croire qu'il soit de retour.

Après quelques minutes, il fait une pause et prend une autre gorgée tranquille, puis me regarde dans les yeux. — Mon Dieu, j'ai rêvé de ça. Je pourrais faire ça toute la journée.

CHAPITRE 32
Tu es mon fantasme

ALISTAIR

Je replonge dans le sexe d'Ivy. Putain, elle m'a manqué. Sa chatte est divine. J'y vais très lentement, la savourant, m'y délectant, tout en écoutant sa respiration et ses gémissements de plaisir. Quand je fais une nouvelle pause, elle ressemble à une masse de gelée. Le champagne est froid et sec dans ma bouche, parfait contraste avec la chaude moiteur d'Ivy.

Elle pousse un long et profond soupir. — Tu m'as manqué.

— *Moi*, je t'ai manqué ? la taquiné-je. Ou ma bouche ?

— Le package complet, Alistair. Le putain de package complet.

— Dois-je continuer ? Ou préférerais-tu autre chose ?

— Si poli ! Où est cette bouche obscène que je connais et que j'aime ?

— Oh, elle arrive, je te l'assure. Je ne fais que m'échauffer.

— Je veux ce que tu veux, dit Ivy en mettant un raisin dans sa bouche comme si elle brunche avec des amis au lieu d'être nue et offerte devant moi.

— Tu ne peux pas continuer à dire ça.

— Mais c'est vrai. Je suis excitée quand *tu* es excité. Je te l'ai déjà dit. Tu es mon fantasme.

— On va devoir travailler là-dessus, lui dis-je. Il faudra faire quelques explorations supplémentaires.

— Où est-ce que je m'inscris ?

— Tu t'es inscrite quand tu as accepté d'être mon petit animal.

— La meilleure décision que j'aie jamais prise, répond Ivy. Juste pour dire.

— La meilleure proposition que j'aie jamais faite, dis-je, et nous trinquons.

— Alors, qu'est-ce qui te fait envie ? demande Ivy. Tu as mal ?

— Il n'y a plus de douleur quand tu es dans la pièce, lui réponds-je.

— Je pensais que tu voudrais peut-être... quelque chose de brutal, comme cette fois après l'évacuation médicale d'Ariana. Dans cette chambre d'hôpital quelconque.

Ma queue tressaille. — En effet. Mais d'abord, je

veux que ce soit doux et lent. Je veux goûter chaque partie de toi. Je veux baiser chaque partie de toi.

Les lèvres d'Ivy s'entrouvrent, ses joues s'empourprent. — Voilà cette bouche vulgaire que je connais et que j'aime.

— Cette bouche vulgaire n'en a pas fini avec toi, dis-je avant de replonger entre ses jambes.

Ivy est maintenant gonflée et juteuse. Elle rejette la tête en arrière lorsque je pousse ma langue aussi loin que possible en elle.

Elle cambre les hanches. — Putain !

Je reviens à sucer son clitoris tout en poussant mes doigts en elle, sachant qu'elle peut déjà en prendre deux tellement elle est mouillée. Elle gémit tandis que ses muscles se resserrent autour de moi. Tout le sang de mon corps afflue directement vers ma queue, me donnant une érection de taureau.

Je suis soulagé car rien ne s'était produit quand Ivy m'avait rejoint sous la douche. C'est extrêmement inhabituel pour moi de ne pas bander lorsqu'une belle femme me savonne, surtout si cette femme est Ivy. Je m'étais brièvement demandé si les derniers jours m'avaient affecté plus que je ne le pensais, mais je peux chasser cette idée de mon esprit maintenant. Ivy est mûre et prête, et ma queue agit comme un missile à tête chercheuse.

Je ne veux pas précipiter les choses. Je veux baiser Ivy pendant des heures, alors je ralentis. Je prépare de petites bouchées pour elle – de la feta danoise sur un cracker au pesto, une rose de prosciutto, une grosse olive farcie au romarin et au piment. Je me nourris aussi. Nous buvons notre champagne tandis que je retrace son corps avec mes doigts, mes mains, mes lèvres.

— Je n'avais pas « pique-nique sexuel à poil » sur ma liste des choses à faire aujourd'hui, plaisante-t-elle.

— Moi non plus, dis-je. Mais c'est plutôt agréable. On le fera plus souvent.

Ivy caresse mes muscles endoloris, effleure délicatement mes coupures et mes contusions, et m'embrasse doucement, avec un goût de cheddar affiné et de champagne.

Quand nous avons liquidé la charcuterie, nous emportons le champagne et le dessert dehors sur la terrasse et nous nous asseyons sur une épaisse serviette posée sur les lattes chauffées par le soleil.

— Confortable ? demandé-je.

Elle hoche la tête et glousse avec incertitude. Elle sait qu'il n'y a qu'une seule façon de terminer ce festin.

— Pour le bon vieux temps, dis-je en me souvenant de la fondue au chocolat. Je vérifie que le miel chaud est à la bonne température, puis je le verse sur ses seins. Elle pousse un cri à cette sensation et ce désordre. Le gingembre est aromatique.

— Je me souviens de ça aussi, dit-elle. Un voyage nostalgique.

— Tu insinues que j'ai besoin d'apprendre de nouveaux tours ? lui demandé-je.

Ivy secoue la tête. — Je suis à peu près certaine que tu ne m'as pas encore montré tous tes tours originaux.

— Ce sera un bien triste jour, en effet, quand tu les auras tous vus.

— Permets-moi d'en douter, répond-elle en me faisant un clin d'œil.

Je devrais rire et continuer ces plaisanteries, mais il y a soudain un étrange bourdonnement dans ma tête. Une vibration de son et de lumière argentée qui envahit ma vision.

Je vois Anya.

— Oula. Je me sens étourdi et pose mes mains sur la terrasse pour me stabiliser.

Ivy se redresse. — Ça va ? Tu as mal ?

Je cligne des yeux en la regardant. C'est Ivy, bien sûr. Anya n'est pas là. Anya est morte.

— Non. Juste... un peu la tête qui tourne. Trop de champagne, mens-je.

— Tu es vraiment pâle, dit-elle, les yeux écarquillés d'inquiétude.

— Ce n'est rien, dis-je.

Elle cherche sa robe de chambre pour se couvrir. — Nous ne devrions pas faire ça. C'est trop tôt. Tu devrais être dans un hôpital ou quelque chose comme ça. Je ne sais pas à quoi je pensais.

— N'importe quoi, dis-je. Je vais bien. C'était juste un bug. Une erreur dans la matrice.

Ivy n'a pas l'air convaincue. — Tu dois voir un médecin. Fais venir Syd en avion si nécessaire. Ou Sandringham.

Je soupire. Je sais qu'elle a raison, mais honnêtement, c'est la dernière chose que je veux faire.

— Tout ce que je veux, murmuré-je, c'est être avec toi et uniquement toi.

— Pareil, répond-elle, mais tu dois être en bonne santé pour que ça se produise.

Je peux voir à l'expression obstinée sur son visage qu'elle ne va pas céder.

— Que dirais-tu d'un privilège, dis-je.

— N'essaie pas de m'embrouiller encore avec tes mots de milliardaire.

Je ris et commence à me sentir plus léger à nouveau. Je vais bien. Je peux gérer ça. — Privilège, du latin, ligament, comme un lien. Tu me donnes quelque chose maintenant avec la promesse que je te rembourserai à l'avenir.

— Je te donne du sexe maintenant et tu vas en thérapie quand nous serons de retour à la maison ?

— Exactement. Et entre-temps, je te garde.

— Eh bien, dit-elle. J'aime bien cette idée.

— Bien. C'est toujours un plaisir de faire affaire avec vous, Mademoiselle Mickelson. On se serre la main ?

— Je vais faire mieux qu'une poignée de main, dit-elle, et avant que je m'en rende compte, ma queue entière est dans sa bouche.

CHAPITRE 33
Sexe Orageux

IVY

Le sexe d'Alistair est toujours délicieux. Maintenant, enduit de miel, il l'est encore plus. Je travaille sa verge avec mes deux mains, glissante et collante, tout en faisant tournoyer ma langue autour du gland et en taquinant l'ouverture avec ma langue. Je suis sûre que mon visage est dans un état lamentable, mais je m'en fiche, pressant mon visage contre son magnifique membre puissant, suçant ses testicules, massant son périnée. Il s'est pratiquement effondré sur la terrasse, gémissant et murmurant « C'est. Tellement. Bon. »

Son corps m'a tellement manqué que j'ai l'impression de pouvoir l'avaler tout entier. J'essaie de garder tous mes mouvements lents, comme il me l'a demandé, mais c'est difficile. Je brûle de désir, j'ai besoin de le sentir en moi.

Doux et lent, a-t-il dit. Juste cette fois. Doux et lent

comme des amants timides, comme des couples qui s'adorent. Après ce qu'il a traversé, pas étonnant qu'il veuille de la douceur.

Je le pousse entièrement dans ma bouche, jusqu'à ce que je le sente toucher le fond de ma gorge, et j'avale son gland encore et encore tandis qu'il gémit, ses hanches bougeant au même rythme.

Tout en le tenant toujours, je recule, libérant ma bouche pour parler. — Tu veux baiser ma gorge ? je chuchote.

Il hoche la tête. Nous échangeons nos positions pour que je sois à nouveau allongée sur la serviette. Il utilise l'accoudoir d'une chaise longue pour se stabiliser pendant qu'il abaisse son sexe épais dans ma bouche ouverte. Il y va lentement, m'ouvrant doucement, et c'est tellement bon. J'adore la sensation de l'avoir dans ma bouche. Il va plus loin, glissant doucement son sexe dans ma gorge tandis que je détends mes muscles pour éviter de m'étouffer.

Becks m'a dit une fois qu'elle trouve excitant de s'étouffer pendant une fellation profonde. Je ne suis pas fan. Pas encore, en tout cas, mais qui sait où notre liste de fantasmes nous mènera ?

Alistair me tient la joue, vérifiant si je vais bien. Je hoche la tête et ouvre plus grand. Il trouve bientôt un rythme lent et doux, et l'expression sur son visage m'excite tellement. Son corps se tend et je pense qu'il va jouir, mais il se retient. Je suis soulagée car j'ai vraiment besoin de le sentir en moi.

Il se retire, puis me soulève en position assise et s'assied à côté de moi. Nos corps nus, collants de miel, ont sali la serviette. Je lui souris, certaine d'avoir l'air ridicule avec mon visage en désordre et mes lèvres gonflées. Alistair gémit et m'embrasse, mordillant doucement ma lèvre.

— Je suis désespérée, je murmure contre sa bouche. Je suis désespérée d'avoir ton sexe.

J'ignore ses contusions. C'est difficile de se concentrer sur le plaisir quand les rappels de sa douleur sont si évidents. Je dis « sa douleur », mais c'est aussi la mienne.

— Je rêvais de ta chatte parfaite depuis des jours, répond-il. J'ai l'impression que c'est trop beau pour être vrai.

— C'est vrai, dis-je en resserrant ma prise sur sa cuisse pour prouver mon point. Puis je prends ses mains et les fais glisser sur mes seins, mes côtes, mon ventre. Tu sens ça ?

Alistair hoche la tête.

— Tu peux sentir ma peau chaude ? C'est réel. Je suis là et je suis toute à toi.

— Oui, répond-il, la voix rauque.

Nous nous embrassons à nouveau, savourant le fait d'être à nouveau ensemble, en sécurité et connectés. Nous sommes peut-être brutalisés, traumatisés et épuisés, mais nous sommes ensemble.

— Je ne veux jamais te quitter, dis-je.

— J'espère bien, répond-il. Il me taquine, mais il sait ce que je veux dire car il me serre plus fort contre lui.

— Je ne supporte pas l'idée que tu sois à nouveau en danger. Je ne peux pas le supporter.

Alistair prend à nouveau ma joue. — Tu es féroce, Ivy, tu peux tout supporter.

— Non, je secoue la tête. Je ne peux pas. Je m'effondrais sans toi.

Il a l'air triste, ce qui me bouleverse, et mes yeux se remplissent de larmes *encore une fois*. Honnêtement, je suis surprise qu'il me reste des larmes.

— Nous allons assainir l'entreprise, dit-il. J'ai perdu mon appétit pour le risque.

— Tu as déjà dit ça avant, lui rappelé-je. Ça n'avait pas été bien reçu au déjeuner de famille.

— J'étais déterminé à ce moment-là, et je le suis encore plus maintenant.

— Pour ta défense, dis-je, après t'être engagé la première fois, les Redbricks t'ont forcé la main. Et puis les Kuznetsovs...

— Oui. Nous devrons neutraliser les deux menaces si nous voulons avoir une quelconque paix. Ce ne sera pas facile, mais c'est nécessaire.

C'est un soulagement d'entendre cela, d'entendre à quel point il est sérieux à ce sujet, mais je sais que ce sera presque impossible. Comment neutraliser le mal ?

C'est une question abstraite pour une autre fois. Pour l'instant, je ne veux pas penser à la Bratva, ni à la famille mafieuse rivale de Manchester. Mais je ne veux pas non plus d'un amour lent et doux.

— Tu es prêt à devenir un peu... plus brutal ? je demande.

J'en ai envie, mais je pense qu'Alistair en a *besoin*.

Le sexe orageux est sa façon de transformer son énergie sombre en lumière, et je suis là pour ça.

ALISTAIR

Ivy en a assez d'être collante, alors nous retournons sous la douche pour rincer le miel. Il fait chaud et humide, donc nous nous réfugions dans la chambre parfaitement climatisée avec une nouvelle bouteille de champagne. Je me demande si ça va me donner une sensation d'enfermement claustrophobique, mais ce n'est pas le cas. Pas quand Ivy est avec moi.

J'allume des bougies, je réchauffe de l'huile et je mets une playlist pour la chambre qui remplit la pièce de basses profondes et de paroles haletantes. L'artiste se fait baiser dans la cabine d'essayage luxueuse d'une boutique haut de gamme - une marque de créateur populaire - et le crucifix en diamant de son collier rebondit sur sa poitrine au rythme des coups de reins de son amant. C'est incroyable les histoires qu'on entend quand on écoute.

— Ça te va, tout ça ? demande Ivy.

Je fronce les sourcils. Qu'est-ce qui pourrait ne pas me plaire ? Un lit gigantesque recouvert de draps satinés, une musique sensuelle, du champagne frais et la promesse du sexe d'Ivy.

— Je me demande juste si ce n'est pas trop, dit-elle. Une surcharge de stimulation. Après ce que tu as traversé. Comme la vie après l'isolement carcéral. Ça peut être écrasant.

Je ricane. — Non. C'est parfait. C'est tout ce dont j'avais envie quand j'étais là-bas.

— Tu avais envie de rap coquin ?

Je l'attire vers moi. — J'avais envie de ce corps. J'enfouis ma tête dans ses cheveux, et c'est exactement le parfum dont je me souvenais. — Cette tête. Mes mains descendent le long de son corps. — Ce cul parfait.

— Mon cul avait envie de toi, me taquine-t-elle.

Ma queue se gonfle. — Eh bien. Voyons ce qu'on peut faire pour ça. Je la pousse sur le lit.

Elle glousse, surprise. Puis son sourire devient affamé. — Putain, je suis excitée. J'ai tellement envie de toi.

Bon Dieu. Cette femme causera ma perte. Elle est trop intense, de la meilleure façon possible. Je dois me retenir. Le sauvage en moi veut juste la pénétrer brutalement et jouir immédiatement, surtout après cette gorge profonde épique dehors.

Je respire calmement par le nez, essayant de garder mon sang-froid.

— Tu sembles plus fort qu'avant, dit Ivy. Plus dur. Comme un... combattant de cage ou quelque chose comme ça.

En réalité, j'avais plutôt perdu de la force, mais je suppose que la perte de poids m'a donné un aspect plus sculpté.

— Sauvage et musclé, continue-t-elle. Comme si tu étais prêt à rejoindre Fight Club.

— Je ne sais pas si tu m'insultes ou si tu me complimentes, dis-je d'une voix traînante. Mais je prends.

— Tu plaisantes ? dit-elle. Les combattants de cage sont sexy en diable.

Je suis presque sûr qu'elle plaisante, mais c'est difficile à dire quand elle a cette expression excitée.

— Tu es pleine de surprises, dis-je en m'approchant du lit.

— J'aime te garder dans l'incertitude, répond-elle. Sinon tu vas penser que je ne suis qu'une barre de céréales ennuyeuse et te lasser de moi.

J'étouffe un rire. — Barre de céréales.

— Avec tout le respect que je vous dois, Monsieur Ravenscroft. Pourquoi parlons-nous de Fight Club et de barres de céréales alors que nous pourrions... *ne pas* parler ?

— Je prends juste mon temps. J'exerce ma patience. Sinon, tout sera terminé en quelques secondes.

Ivy éclate de rire. — Je ne croirai ça que lorsque je le verrai. Marathon Sexuel devrait être ton deuxième prénom.

— Crois-moi, vu ce que je ressens pour toi en ce moment... la façon dont tu es... je n'ai aucune chance. Je vais devoir fixer le mur et penser à mon prof de maths de l'école primaire.

— N'y pense même pas, me prévient Ivy.

Comme je ne bouge pas, elle descend du lit, alors je dois l'y rejeter.

Ses yeux sont en feu. — Voilà qui est mieux, dit-elle.

Quelque chose de profond s'allume en moi. Une petite flamme dans mon bassin. Je dois la posséder.

— Je veux aller jusqu'au bout, dit Ivy.

Ma queue tressaille à nouveau. — N'est-ce pas ce qu'on fait toujours ?

— Plus, dit-elle. Plus profond. Plus fort. Je veux que tu ailles aussi loin que possible, dans tous les sens du terme.

Merde. Mes couilles me font mal tellement je la désire. Je ne peux pas m'empêcher de les toucher.

Ses lèvres. Si embrassables. Ivy lance un défi. — Va plus loin que tu n'es jamais allé avec qui que ce soit.

Ma respiration devient lourde. Je ne l'ai pas encore touchée, mais je suis déjà au bord.

Je ne lui dirai pas, mais ce ne sera pas possible. Elle n'est pas prête pour mon côté le plus sombre. Je me suis perdu dans d'autres femmes d'une manière qui les a dégradées. Elle est trop précieuse pour ça. Je ne peux pas le dire, alors je fais semblant d'être d'accord. Un petit mensonge pour nous protéger tous les deux. Mais elle n'est pas stupide, alors je vais devoir la convaincre.

— Dans ce cas, dis-je, j'aurai besoin de quelques accessoires.

Je vais vers le placard et trouve mon sac de jouets sexuels. Je prends aussi la cravache et un body noir quasi-transparent avec porte-jarretelles et bas. Ivy profite de ce temps pour boire son verre de champagne. Elle aura besoin de ce courage liquide.

Je lui lance la lingerie, et elle hausse les sourcils avec curiosité et approbation. Elle les enfile pendant que je réchauffe certains des jouets que je prévois d'utiliser. Elle se regarde dans le miroir en pied, plissant les yeux comme s'il manquait quelque chose, puis applique un rouge à lèvres rouge. Parfait. Ça me donne envie de mettre ma queue dans sa bouche à nouveau, pour voir ces lèvres rubis étirées autour de ma circonférence. Je laisse échapper un gémissement guttural et l'attire contre moi. Nous sommes toujours devant le miroir, et je caresse ses courbes avec mes paumes, embrassant ses lèvres teintées jusqu'à ce que le maquillage soit barbouillé. Je recule et utilise mes doigts pour l'étaler davantage. Une touche à travers son visage ; une marque de mon territoire. Je l'embrasse profondément, brutale-ment, abandonnant l'élégance et la technique pour la passion. La respiration d'Ivy s'accélère.

J'éloigne mes lèvres, mais je n'en ai pas encore fini avec sa bouche.

Je pose mon pouce sur sa lèvre inférieure, la testant, voyant si elle en veut plus. Ses cils papillonnent, mais elle maintient le contact visuel. Ivy attrape mon pouce avec sa bouche et le suce. Sa langue est chaude et glissante. J'en demande plus avec mon pouce, l'enfonçant plus profondément, et Ivy accepte. Je la sens se détendre dans mes bras, s'ouvrant à moi, en voulant plus. Sa tête s'incline légèrement en arrière, voulant tout ce que je lui donnerai. Je jette un coup d'œil à notre reflet alors que j'en ajoute plus. Quatre doigts explorent sa bouche et la peau exquisément lisse à l'intérieur. J'abaisse mon visage vers elle, embrassant et léchant sa lèvre supérieure tandis que ma main s'enfonce davantage.

Putain. Ma queue est si dure.

Elle gémit, envoyant une vibration à travers mes doigts. Je les retire lentement, barbouillant ses lèvres une dernière fois, puis je la tourne pour qu'elle fasse face au miroir pendant que je me tiens derrière elle et attrape la cravache.

CHAPITRE 35

Papillon de Cuir Noir

IVY

Alistair me fait tenir debout devant le miroir en pied. Mes lèvres sont gonflées et mon rouge à lèvres est devenu une tache écarlate. La nuisette à peine visible et hors de prix que je porte me donne l'allure d'une courtisane française, une *cocotte*, une prostituée de luxe qui connaît sa valeur. Il ne me manque qu'un trait d'eye-liner ailé, une cigarette et une coupe de papillon pour compléter le tableau. Non pas que j'aie jamais goûté un papillon ou rencontré une dame de la nuit française — c'est à ça que servent les livres.

J'adore cette version de moi derrière la glace. C'est une sophistication sexy que je n'ai jamais essayé d'arborer auparavant, luxueuse et riche mais avec un léger courant interlope. La combinaison de la lumière tamisée et du champagne agit comme un filtre Instagram parfait.

Je ne vois aucune imperfection, seulement une version séduisante et sensuelle de moi-même.

Alistair tient une cravache en cuir noir. Il se tient derrière moi et caresse lentement mon dos avec, envoyant des frissons le long de ma colonne vertébrale. Puis, m'observant dans le miroir, il transfère ce toucher frémissant à l'avant de mon corps, balayant délicatement mes épaules, ma clavicule, mon ventre et mes seins. Mes tétons se gonflent sous cette caresse incroyablement légère.

Je voudrais que ça ne s'arrête jamais.

Je voudrais que ça s'arrête pour qu'Alistair utilise toute sa force sur moi.

Sa main gauche tient ma mâchoire tandis que nous nous regardons, respirant ensemble, les yeux liquides de désir pendant que le petit rabat de cuir à l'extrémité de la cravache titille chaque centimètre de ma peau affamée.

Au moment où cela devient trop intense, il revient à l'arrière de mon corps. Alistair la fait glisser de ma cheville, remontant sur le galbe de mon mollet gainé, l'arrière sensible de mon genou, pour atterrir là où mes cuisses se rejoignent, provoquant une petite explosion de désir mêlé de plaisir. Il la fait voltiger là pendant un moment — un papillon de cuir noir entre mes jambes. Mon bassin commence à palpiter sous l'afflux sanguin qu'il réclame, gonflant mes lèvres et mon clitoris.

Alistair caresse mes fesses, maintenant. J'observe son visage, la bouche entrouverte par le désir charnel.

Bon sang, il est magnifique. La ligne forte de son front, la courbe de ses lèvres. Cet homme est un dieu. C'était ma première pensée quand je l'ai rencontré, et elle persiste.

Tandis que le bout de la cravache encercle la peau sensible de mes fesses, je murmure :

— Tu es tellement sexy.

Il remonte son regard vers le miroir pour observer mon reflet, puis déplace la bretelle de ma nuisette de mon épaule et embrasse l'endroit qu'elle touchait.

— Je fais pâle figure en comparaison, murmure-t-il.

Ce n'est pas vrai, mais je le laisse s'en tirer parce que j'ai vraiment l'air plutôt sexy, si je puis dire. C'est la lumière des bougies, la lingerie coûteuse et le filtre champagne, mais je m'en contente.

Mon clitoris vibre toujours, et je me demande combien de temps il faudra avant qu'Alistair me donne enfin sa queue. J'ai le sentiment troublant qu'il n'est pas du tout pressé.

La cravache remonte vers mon visage. Je ferme les yeux et savoure la sensation. Quand elle s'approche de mes lèvres, j'ouvre la bouche, et elle voltige sur mes lèvres et ma langue, faisant pulser mon sexe.

Puis elle disparaît.

Je halète et mes yeux s'ouvrent brusquement quand j'entends un claquement et sens la piqûre sur mes fesses. La douleur est exquise. J'exhale un long souffle. Alistair me fouette et je halète à nouveau. Et encore. Je suis sûre d'avoir de petites marques roses sous le nylon transparent. Je pose mes mains de chaque côté du miroir pour me stabiliser. Il tombe à genoux et déchire le tissu fin, écartant la nuisette pour examiner la peau irritée. Il gémit et les embrasse, puis les lèche, suçant la chair dans sa bouche pour que je puisse sentir ses dents.

— Des bas parfaits, ruinés, dis-je.

Alistair grogne.

— Ce n'est pas la seule chose que je vais ruiner aujourd'hui.

— S'il te plaît, dis-je, la voix tremblante. Baise-moi. J'ai tellement besoin de toi.

Il rit doucement.

— Non, mon amour. On n'en est même pas proche. Je vais passer des heures à vénérer ce corps.

Ma voix est gutturale.

— Je ne peux pas attendre aussi longtemps.

— Malheureusement pour toi... ce n'est pas toi qui décides.

CHAPITRE 36
Délicieuse Chatte

ALISTAIR

Je fais le malin en disant à Ivy d'attendre pour son orgasme, mais la vérité, c'est que je meurs d'envie d'être en elle. Nous n'avons jamais passé autant de temps sans faire l'amour, et ma queue manifeste clairement sa frustration. Tout mon corps souffre du besoin d'être enserré dans sa délicieuse chatte. Je me penche pour l'embrasser, puis je la guide vers le lit.

— Sur le ventre, je grogne.

Elle hésite, alors je la pousse sur le lit. Je sais qu'elle adore ça. J'enchaîne en la rejoignant sur le matelas, la maintenant plaquée pendant que j'attrape les cordes.

Je délace son body. Il est intact, mais les bas sont bons à jeter. Je les retire lentement – comme un serpent qui mue. Le corps pâle d'Ivy est glorieux dans sa nudité.

J'ai fait une mise à niveau depuis la corde que nous

avons utilisée avant – les cordes à pompons qui retiennent les lourds rideaux de velours dans la maison familiale. Mon nouvel achat, provenant de ma boutique érotique préférée, ressemble à l'ancienne – à peu près la même taille, et dorée – mais celle-ci est spécialement conçue pour le Shibari. Solide, mais douce pour la peau. Je n'ai pas la patience pour le Shibari aujourd'hui, mais cette corde de velours est parfaite pour attacher Ivy. Je la noue autour de ses poignets et de ses chevilles et l'attache au lit. Elle est étendue comme une étoile de mer.

— Ça va ? je demande, quand Ivy reste silencieuse un moment.

— Oui, répond-elle. Je profite juste de la sensation.

Ça me fait plaisir. Je caresse ma queue. « Je pourrais te regarder toute la journée. »

— S'il te plaît, ne fais pas ça, répond-elle. Je veux sentir ta peau contre la mienne.

J'attache ses cheveux en un chignon désordonné et je la baigne dans l'huile de coco que j'ai réchauffée. Elle gémit de plaisir avant même que je la touche, l'huile somptueuse coulant le long de ses flancs et s'accumulant dans chaque creux. Je savoure ce moment, voulant m'en souvenir pour toujours. Il y a vingt-quatre heures, je ne savais pas si je vivrais un jour de plus, et quelle journée ça a été. Ivy aurait pu être morte – noyée dans l'océan – et j'aurais pu être criblé de balles, démembré, abandonné dans une poubelle thaïlandaise. Mais nous nous sommes battus et nous avons survécu.

Cela rend cette rencontre érotique d'autant plus enivrante.

J'ai envie de dire quelque chose, de reconnaître cette réalité, mais je m'arrête. Savoir que nous avons échappé de peu à la mort peut être excitant pour moi, mais cela pourrait renvoyer Ivy dans des souvenirs terrifiants, alors je garde le silence.

Au lieu de cela, je communique avec mes mains, frottant l'huile sur la peau parfaite d'Ivy, massant chaque centimètre de son corps délectable, de ses pieds délicats jusqu'au cou que j'aime embrasser. Elle gémit tandis que je travaille ses muscles avec mes articulations. Mes pouces cherchent chaque partie tendue de son corps et relâchent la tension.

— Mon Dieu, tu es doué pour ça, dit-elle d'une voix traînante. Si je mourais maintenant, je mourrais heureuse.

Hmm. Peut-être qu'elle aussi pensait à notre survie miraculeuse. « S'il te plaît, ne meurs pas », je plaisante.

— Ce serait la pire des frustrations, admet-elle.

Je ricane. « Si sombre, Ivy. »

J'ai massé chaque partie d'elle sauf les meilleures. Je suis impatient de m'occuper de ses fesses.

— Tu as mentionné tout à l'heure que tes fesses m'avaient manqué ?

— Oh oui, répond-elle.

— D'accord, dis-je. Nous allons devoir faire quelque chose à ce sujet.

Je verse de l'huile sur ses joues rondes. Je la vois s'écouler le long de la fente et enrober ses lèvres.

Putain.

Serrant les dents pour me retenir, je commence à frotter ses fesses, faisant tournoyer mes paumes sur ce double croissant de lune. Elle gémit.

— Tu aimes ça ? je demande.

— C'est tellement *bon*, gémit-elle.

Je prends mon temps, savourant chaque minute. Ma queue est si dressée qu'elle touche mes abdominaux pendant que je m'occupe d'Ivy.

Ensuite, je soulève les hanches d'Ivy et place un coussin en forme de coin dessous. Le coussin incline son bassin de manière à exposer parfaitement sa peau veloutée, la rendant facilement accessible. Je m'installe entre ses jambes – ses magnifiques jambes écartées – et commence à lécher son clitoris avec ma langue.

Elle laisse échapper un long gémissement. « Putain. Alistair. »

J'acquiesce et je lèche, m'arrêtant seulement pour sucer son clitoris et presser ses fesses glissantes. Ses gémissements deviennent plus forts. Elle approche de l'orgasme.

Je sais qu'il ne faut rien changer quand elle monte en puissance comme ça. Je garde le même rythme, augmentant progressivement son plaisir. Je continue jusqu'à ce que sa respiration devienne saccadée et que ses doigts se crispent en poings.

Puis je m'écarte.

— Ne t'arrête pas ! sanglote Ivy.

— Je vais continuer, je lui promets. Mais tu étais trop proche.

Elle fait semblant de pleurer. « S'il te plaît, Alistair. »

— Pas encore, je réponds. C'est important pour moi que ce soit le meilleur sexe qu'elle ait jamais eu dans sa vie. Ça doit être *parfait*. Je vais la faire monter jusqu'à ce qu'elle suffoque de désir. Je veux que chaque nerf de son corps soit prêt, que chaque partie de son corps soit chargée d'énergie érotique. Je vais transformer son centre en explosif, et je suis le seul à avoir accès au détonateur.

Je retourne lécher sa chatte parfaite. Elle se tortille. Mes couilles me font mal comme si elles étaient prises dans un étau.

— S'il te plaît, Alistair, supplie-t-elle, impuissante, attachée par ma corde dorée. S'il te plaît, baise-moi. On peut faire ce que tu veux après. Mais maintenant, je t'en prie. J'ai besoin de ta queue en moi.

— Bientôt, dis-je. Je n'ai pas encore eu assez de ton corps.

Je travaille sur le corps d'Ivy depuis environ une heure mais je n'en ai pas encore eu ma dose. Je ne vais pas prendre ce corps pour acquis, pas après ce que nous avons traversé.

Ivy grogne de frustration, tirant sur la corde. Je la surprends avec un doigt, et elle halète.

— Oui, dit-elle, affamée, avide de plus.

Deux doigts.

Ivy les serre, et je commence à les bouger d'avant en arrière. Si chaude et glissante.

— Tu es si mouillée, lui dis-je. Si étroite.

Je ne sais pas comment j'arrive à entrer dans cette jolie chatte rose, elle est si petite et délicate.

Elle me serre. Sa chatte a l'air délicate, mais pas ses muscles. Le pouce sur son clitoris, je frotte les coussinets de mes deux doigts contre son point G. Elle inspire brusquement et gémit. Je tapote cet endroit pendant un moment, puis je recommence à le caresser pendant qu'elle gémit dans son oreiller.

— Prête pour plus ? je demande.

— Oui. Oui, répond-elle. Plus.

Je dézip mon sac lentement, lui laissant entendre la fermeture s'ouvrir complètement.

CHAPITRE 37
Un paradis obscène

IVY

Mon Dieu, je suis coincée quelque part entre le paradis et l'enfer. Pas le temps pour les limbes, je rebondis entre les deux. Une minute, je suis sur le point d'exploser comme un volcan, la suivante, je supplie Alistair parce que je suis frénétique à l'idée de l'avoir en moi. Chaque fois que mon orgasme approche, il fait quelque chose pour le maintenir à distance, et chaque fois qu'il fait ça, il revient plus fort. Une boule de neige qui dévale la colline, ramassant de la neige en chemin. Sauf que tout n'est que feu, pas de glace. J'appréhende vraiment le moment où il décidera qu'il est temps pour moi de jouir, parce que je ne sais pas si je pourrai le supporter.

La peur, le désir, l'envie, l'amour et l'adrénaline me martèlent de leurs poings huileux. Mes entrailles sont de la lave en fusion.

Comment vais-je m'en sortir vivante ? Est-ce que je vais m'en sortir vivante ? Ça ne semble pas probable.

Je suis presque sur le point de l'arrêter. Je suis presque sur le point de dire que c'est trop à supporter, mais les vagues de plaisir absolu me submergent et je sais que je veux qu'il continue. Je veux expérimenter tout ce qu'il est prêt à me donner, même si cela me fait peur.

J'ai perdu le compte des doigts en moi, mais ils appuient contre *tout* et c'est incroyable. Il touche des parties de moi dont j'ignorais l'existence. C'est tellement intense, presque trop.

Je halète, et il relâche la pression.

— Putain, je murmure.

— Je t'ouvre, dit Alistair. Je t'ouvre pour pouvoir te baiser avec tout ce que j'ai.

Sa voix rauque me donne envie de jouir. Je suis tellement excitée. Si proche de l'orgasme. Mes muscles commencent à se tendre.

— Non, Ivy, me réprimande-t-il. Tu ne jouis pas encore.

— Alistair ! Je sanglote. S'il te plaît.

— Encore un peu.

Je voudrais lui dire que je ne sais pas si je pourrai supporter l'orgasme. C'est trop. Ce n'est rien de comparable à ce que j'ai ressenti auparavant. Je ne sais pas si c'est la cravache, la corde, le massage décadent d'une heure, ou sa langue et ses doigts experts, mais tout mon corps crépite de l'orgasme inévitable et je peux dire qu'il va être *intense*.

Je n'ai certainement jamais eu peur d'un orgasme auparavant. Mais celui-ci est d'un autre monde. Il y a des parasites dans ma tête, comme si l'intense plaisir avait court-circuité mon cerveau. Mon corps ne m'appartient plus. Je nage dans la chaleur, picotant de partout.

Il enfonce ses doigts plus profondément, et je crie. Il m'ouvre, comme il l'a promis. Ouvre ma chatte, mon corps, mon âme.

— Putain ! je m'exclame.

— C'est trop ? demande-t-il.

— Presque, je chuchote. Tellement intense.

Je pense qu'il va ralentir, mais il va encore plus profond. Je me sens tellement remplie. Mes muscles menacent de se contracter. Je pense qu'ils sont en état de choc, comme moi. Sûrement qu'il n'ira pas plus loin.

C'est ce qu'on dit toujours, j'entends une Becks imaginaire dire.

Alistair m'étire largement. Je suis un dahlia qui s'ouvre à lui ; s'épanouissant, gonflant et mouillant.

Je commence à sentir que je vais perdre le contrôle de mon corps. C'est à la fois effrayant et séduisant. Une impulsion irrationnelle me dit que c'est trop, que si je tombe de cette falaise particulière, je mourrai.

Alistair lit dans mes pensées. — Je te tiens, dit-il, d'une voix forte et profonde.

Je suis au bord des larmes. Je hoche la tête. Je sais

qu'il me tient. Je me sens plus en sécurité avec Alistair qu'avec n'importe qui d'autre dans ma vie entière. Il est la seule personne avec qui je peux vraiment me laisser aller.

Progressivement, il retire ses doigts, et au lieu d'être soulagée, je me sens abandonnée et vide. Je réalise que j'aimais être sur la Falaise de la Mort par Orgasme.

— Prête pour plus ? demande Alistair.

— Plus ? Il ne pourrait pas y avoir plus. Oui, s'il te plaît, je dis.

Un gode chaud et lubrifié touche mon entrée. Il semble énorme. Ma colonne vertébrale picote de peur et de désir. Je respire lentement, essayant de détendre mon corps.

— Si c'est trop, j'arrête, murmure Alistair.

La pointe du gode glisse en moi et je gémis alors que le plaisir irradie dans tout mon bassin.

— Putain, je gémis.

Alistair émet un son de plaisir. — Tellement bon, chuchote-t-il. J'adore cette chatte. Sans se presser, il fait glisser le reste de l'énorme hampe en moi, rendant mon corps faible. Mon gémissement devient plus fort à chaque centimètre. Toute mon énergie est dans ma chatte et il n'en reste plus pour mes membres. Tout mon corps *est* ma chatte.

Il commence à bouger le gode épais d'avant en arrière, délicieusement lentement, et c'est incroyable.

Je vais *certainement* jouir. Personne ne pourra arrêter

le tremblement de terre qui se construit dans mon corps. Ni moi, ni Alistair.

Dieu tout-puissant, s'il/elle existe, ne serait pas capable d'empêcher ce volcan d'entrer en éruption.

Alistair fait un bruit sifflant, comme s'il essayait de contenir son propre plaisir.

Bonne chance avec ça, milliardaire.

Il travaille le gode plus vite, et je ne supporte plus le plaisir. Aucun mot ne sort, seulement des halètements et des respirations saccadées. Il y a à nouveau des parasites dans mon cerveau. Des étoiles. Des courts-circuits.

— Pu-u-u-tain, je chuchote alors que l'orgasme roule vers moi. C'est une vague géante d'eau chaude prête à s'écraser sur moi. Pu-u-u-u-tain !

— C'est tellement excitant, grogne Alistair. Tu es une si bonne fille. J'adore te regarder prendre ça.

Je n'ai pas de mots.

— Tellement excitant, chuchote-t-il à nouveau, augmentant son rythme, voulant clairement me tuer.

Je vais exploser sur lui.

— Tu es prête pour ton premier orgasme ? demande-t-il.

Premier orgasme. Comme si j'allais y survivre.

Je hoche la tête. Ou du moins, je pense que je hoche la tête. Je ne suis pas sûre d'avoir encore le contrôle de mon corps en ce moment.

— Laisse-moi t'entendre le dire.

Est-il fou ? Ne réalise-t-il pas que parler est au-delà de mes capacités actuelles ?

— P-prête, je chuchote.

— Hmm ?

— Prête ! je halète.

Il attend.

Jésus-Christ. D'accord. — Je suis prête pour... mon premier orgasme.

— Juste un pour l'instant, prévient-il. Je veux être en toi pour le suivant.

Le gode enfoncé jusqu'à la garde en moi, Alistair le maintient contre mon point G d'une main tandis qu'il trouve mon clitoris de l'autre. Je vais me désintégrer. Je vais fondre. C'est tout.

Mais il a encore plus dans sa manche. Il baisse son visage vers ma chatte, lèche autour de la base du gode, puis déplace sa langue chaude sur mon périnée et commence à encercler mon entrée arrière de cercles paresseux et humides.

S'il y avait un gros bouton rouge pour faire exploser le monde entier, il serait en train de l'écraser.

Je tire sur les cordes dorées. Ma gorge émet un son gargouillant étrange. Probablement un gargouillis de mort. Mes orteils sont au bord de la falaise, et le tremble-ment de terre est là. Je sens des étincelles partout ; je tiens des feux d'artifice dans mes mains. Il y a une bombe qui secoue mon bassin, la mèche allumée, la flamme qui court. Il me reste quelques secondes à vivre.

Il y a un picotement épicé dans mes mains et mes pieds tandis que le plaisir balayant ne laisse aucun centimètre carré de peau intact.

Quoi. Je peux sentir l'orgasme dans mes mains et mes pieds ? *Oh, oui.*

— Je jouis, je chuchote. Je jouis.

Il frotte mon clitoris. Il traîne sa langue de haut en bas, et revient à mon entrée arrière.

J'ai peur parce que j'ai complètement perdu le contrôle.

Je me souviens des mots d'Alistair. *Je te tiens.*

Et aussi : Je t'ouvre pour pouvoir te baiser avec tout ce que j'ai.

— C'est le moment de lâcher prise, dit-il. Tu es en sécurité. Je te tiens. Jouis pour moi.

— Putain, putain, putain ! Il n'y a rien d'autre à faire que de se rendre.

Il pousse le bout de sa langue en moi et j'EXPLOSE.

Orgasme. Total. Détonation.

Je suis projetée dans l'espace, le cerveau bouillonnant, des étincelles dorées partout comme si la corde dorée avait explosé avec mon corps. Le volcan entre en éruption à l'intérieur de moi.

Jésus-Christ. Je vole toujours. Les muscles se contractent, les feux d'artifice étincellent.

— Je jouis encore, je pleure.

La corde me maintient les jambes écartées. Comment puis-je encore jouir ? Soit c'est l'orgasme le plus long du monde, soit je suis morte et envoyée dans une sorte de paradis obscène.

Alistair continue.

Je suis peut-être dans l'espace, mais il est toujours entre mes cuisses écartées, léchant et frottant et maintenant me baisant avec l'énorme gode et je vais mourir à nouveau.

— PUTAIN ! je crie alors que l'orgasme final s'écrase sur moi, me secouant, me ballottant sur sa surface agitée.

PUTAIN DE MERDE. Je n'ai jamais.

Je perds tout et je m'en fiche.

Mes muscles expulsent le gode. Alistair siffle un « Oui », parce qu'il sait ce que cela signifie. J'éjacule sur lui, sur le lit. C'est une telle libération que je pleure.

Je suis ruinée et je m'en fiche.

Je suis morte et je m'en fiche.

CHAPITRE 38
Fantasme Torride

ALISTAIR

Putain de bordel.

J'ai vu beaucoup de femmes jouir dans ma vie, mais ça, c'était exceptionnel. Disons simplement que je suis complètement trempé.

Je suis aux anges. Ivy, en revanche, semble inconsciente.

— Ivy ? Je touche son épaule. Ivy ?

Comme elle ne répond pas, je détache les cordes et la prends dans mes bras, embrassant son front et caressant son bras. Ses yeux s'entrouvrent.

— Ça va ? je demande, amusé mais aussi légèrement inquiet.

— Ce n'est pas exactement le mot que j'utiliserais, murmure-t-elle.

— Tu respires, dis-je. C'est bon signe.

Elle rit faiblement.

Je caresse les marques sur ses poignets. — J'ai l'impression d'avoir cassé mon jouet préféré.

— C'est le cas, répond-elle. Je suis cassée. Ruinée à jamais.

— Tu étais... inconsciente ?

— Peut-être. Je crois que j'étais cliniquement morte pendant un instant. Tout est devenu noir. J'ai disparu.

J'avais entendu parler de femmes qui perdaient connaissance quand un orgasme était trop intense, mais j'ai toujours pensé que c'était une exagération. Une légende urbaine. Pauvre Ivy.

J'écarte une mèche de cheveux de son visage. — J'ai l'impression que je te dois des excuses.

Un rire plus fort. — Pour m'avoir donné l'orgasme le plus long, le plus intense et le plus incroyable de toute ma vie ?

— Pour avoir failli te tuer, je réponds.

— Ça en valait la peine, dit-elle. Pas d'excuses nécessaires. À moins que tu ne veuilles des excuses de ma part, pour t'avoir pratiquement arrosé comme avec une lance à incendie.

Je ris. — Ça en valait la peine, dis-je, et je l'embrasse.

Je nous sers chacun un verre de champagne et change les draps. Je suis toujours excité comme un fou, mais vu qu'Ivy s'est évanouie et tout, je lui laisse le temps de récupérer. Ses yeux sont vitreux, son corps sans force.

— Combien de temps nous reste-t-il ? demande-t-elle.

— Que veux-tu dire ?

— Le temps est devenu instable, dit-elle. J'ai joui pendant des jours. Combien de temps nous reste-t-il ensemble avant de devoir montrer nos visages ? Et avoir l'air d'humains normaux ?

— Toi, Ivy Mickelson, tu n'auras jamais l'air d'une humaine normale.

Elle souffle. — Tu sais ce que je veux dire. Jusqu'à notre grand déjeuner de famille sur la plage.

Je regarde ma montre. — Dix-huit heures ?

— Dieu merci. C'est exactement le temps dont j'ai besoin pour dormir. Pour récupérer.

Je ris. — Pourrait-on réduire ça à dix minutes de récupération ? C'est à peu près le temps que je peux attendre.

Son rire semble un peu dément. — Pas à moins que tu ne sois adepte de nécrophilie.

— Wow. Ça a viré au sombre rapidement.

— Tout comme mon cerveau quand tu m'as tuée.

— Je serai doux, dis-je en caressant sa joue. Je te ramènerai à la vie.

— Dans ce cas, dit-elle d'une voix traînante, en étirant ses longues jambes. Je serai remise dès que j'aurai fini ça. Elle verse le reste du champagne dans sa bouche et l'avale. Mon regard s'attarde sur sa gorge.

— Tu as fait du chemin, dis-je.

Elle me regarde d'un air impassible. — Ha ha.

— Non, je veux dire depuis la première fois où on s'est rencontrés.

— Tu parles du moment où je me suis étouffée avec le champagne ?

Je lui souris. — Regarde-toi maintenant. Tu descends un verre comme la royauté sacrée que tu es.

— La royauté *sacrée* ? elle pose son verre. Je ne suis même pas sûre de savoir ce que c'est, mais j'ai clairement été promue.

J'observe le magnifique corps nu d'Ivy alors qu'elle s'approche de moi à genoux. Elle tient ses seins comme si elle me présentait son corps. Je respire profondément, mon sexe durcissant tandis que je la regarde.

— Tu baiseras la royauté sacrée ?

— Quand tu le formules comme ça, je réponds. Comment pourrais-je résister ?

Sans rompre le contact visuel, elle touche son mont de Vénus. — Tu m'as ouverte. Je suis tellement prête pour toi.

Putain.

— Je ressens encore des picotements de cet orgasme total qui a secoué mon corps. T'avoir en moi va être si bon.

— Je vais te faire jouir encore.

Ivy rit. — J'en doute. Je crois que j'ai épuisé mon quota d'orgasmes.

— On verra ça, je grogne.

J'ai toujours aimé les défis.

Ivy a une lueur espiègle dans les yeux. Je suis sûr qu'elle pense quelque chose comme *On va vraiment recommencer ? Marathon sexuel, quelqu'un ?*

Ma réponse serait un *oui* retentissant. Après tout ce temps sans elle, je prendrai chaque minute avec elle que je pourrai avoir.

Ivy se rapproche. — Ne devrions-nous pas... je ne sais pas, nous réhydrater ou quelque chose ? Chercher des provisions ? Manger une barre protéinée ?

Je ris. Bien qu'à vrai dire, une barre protéinée serait bien utile en ce moment.

— Nous n'avons pas besoin de provisions, lui dis-je. Je ne serai pas long.

— Les derniers mots célèbres.

— Sérieusement, je murmure. Je suis tellement excité que ça ne prendra pas beaucoup.

Je prends ses poignets dans mes mains et embrasse les fines marques roses laissées par la corde dorée. — Ces marques seront intéressantes à expliquer à la famille demain.

Ivy rit. — Ils ne me regarderont même pas. Ils seront si heureux de te voir vivant et en bonne santé. Tu es cruel, de ne pas aller les voir tout de suite. Ils étaient fous d'inquiétude.

— Tu sais ce qui serait plus cruel ? Forcer quelqu'un qui vient juste d'échapper à la captivité à s'asseoir et à boire du thé avec sa famille au lieu de dévorer cette glorieuse chatte.

— Eh bien, sourit-elle, les yeux toujours pétillants. Quand tu le dis comme ça.

Je frôle son cou de mes lèvres, et elle soupire.

— Comme je disais avant... j'aime cette version sauvage de toi, dit-elle. Ne te méprends pas, j'adore aussi la version parfaitement soignée en costume de designer, c'est super sexy. Mais celle-ci est... intéressante.

— Sauvage ? Je ris. Vraiment ?

— Tu sais ce que je veux dire. Cette version sombre... la version crade de toi.

Impoli. — Je me suis douché il y a une heure !

— Je ne parle pas de crasse *réelle*, me taquine-t-elle. Je veux dire sale, comme un sale secret. Des fantasmes torrides.

— Tu es mon ultime fantasme torride, lui dis-je.

— Et tu es mon amant sauvage préféré, répond-elle.

— Ton préféré ? Tu en as beaucoup ? Des amants sauvages, je veux dire ?

— Oh, des tas, me taquine-t-elle. Mais aucun ne te vaut.

Je lui donne une fessée et reprends la corde. — Tu vas payer pour ça.

CHAPITRE 39
Sapin de Noël

IVY

Je n'arrive pas à croire qu'on va recommencer. Alistair dit que ce sera rapide, mais ce serait bien une première. Toujours assoiffée, mon regard se pose sur le champagne.

— Tu te souviens de cette nuit ? lui demandé-je. Celle avec la bouteille de champagne ?

— Bien sûr que je m'en souviens, grogne-t-il. Je m'en souviendrai jusqu'à mon dernier souffle. En fait, quand ma vie défilera devant mes yeux, j'espère que cette scène s'éternisera.

Je soupire. — Toutes ces allusions à la mort. Je sais que c'est moi qui ai commencé.

Alistair arrange mon corps sur le lit. Cette fois, je suis sur le dos, les genoux pliés, les jambes écartées.

— La mort est un aphrodisiaque, répond-il. *Memento*

Mori — ça te rappelle que la vie est courte et qu'il faut en profiter.

Je ricane. — En profiter ? C'est comme ça que les jeunes appellent ça maintenant ?

— C'est à toi de me le dire, répond Alistair. Tu es scandaleusement jeune.

Je prends un air choqué. — Pas du *tout*. Je me sens ancienne.

— Attends d'arriver à mon âge avancé.

Je ris. — Tu n'as certainement pas la libido d'un homme d'âge avancé.

— C'est parce que je t'ai toi.

— L'animal de compagnie de ton milliardaire, dis-je. Où est mon collier ?

— Ah, répond-il. Tu veux un collier, c'est ça ?

Je plaisantais, mais pourquoi pas ? Je n'en ai jamais eu avant. — Je te l'ai dit. Je veux tout ce que tu veux me donner.

Alistair embrasse mon poignet, puis inspire profondément dans mon cou. — Mon Dieu, tu sens divinement bon. Je veux tout te donner.

Il tient ma mâchoire dans sa main et sonde mon regard. C'est toujours un choc quand nous nous regardons comme ça, comme s'il y avait de l'électricité qui circulait entre nous.

— Je t'aime tellement, putain, dit-il. Je n'ai jamais ressenti ça avant.

Je hoche la tête. — Pareil.

— J'ai su dès que je t'ai rencontrée.

Mon cœur bat la chamade. — Tu as su quoi ?

— Tout, répond-il. J'ai su que tu allais tout changer. Que tu serais mon tout.

Alistair caresse ma joue, embrasse le coin de ma lèvre supérieure. J'ouvre la bouche et le lèche, l'invitant à m'embrasser profondément, à me dévorer.

Mon sexe picote, avide de sa queue. Je n'arrive pas à croire qu'après cette baise intense j'en redemande, mais nous y voilà.

Alistair met des bandes sur mes poignets pour les protéger de nouvelles brûlures de corde, puis les attache ensemble à la tête de lit pour que mes mains soient au-dessus de ma tête. Il prend un moment pour admirer mes seins, qui sont encore luisants du massage à l'huile de coco. Puis il enroule la corde lâchement autour de mes chevilles et la ramène vers mes poignets, de sorte que je suis ficelée comme un trophée de chasseur, complètement vulnérable. Le picotement se transforme en un désir plus actif d'être remplie par lui.

— Ça va ? demande-t-il.

Je hoche la tête. — Oui. Mais tu n'as pas besoin de vérifier. Je t'arrêterai si ça devient trop. Je veux que tu fasses ce que tu veux.

Ses yeux s'assombrissent, et son expression devient encore plus affamée. Je peux presque sentir son regard me mordre. J'aimerais qu'il mette sa queue dans ma bouche.

Alistair regarde mes lèvres puis replonge dans mes yeux. Il effleure ma lèvre inférieure avec son pouce, sans le laisser assez longtemps pour que je puisse le sucer. Il soulève mes chevilles attachées et se glisse sous la corde pour qu'elle repose sur sa nuque tandis que mes pieds sont de chaque côté de son visage. Je suis pratiquement pliée en deux. Heureusement que j'adore le yoga.

Alistair masse mes seins et titille mes tétons. Mon envie grandit.

— J'adore tes seins, grogne-t-il, puis il suce mes tétons. — Tu es si excitante.

Si l'orgasme précédent était comme un sapin de Noël entièrement illuminé, je peux maintenant sentir les lumières s'allumer à nouveau une par une. Pas que je vais jouir encore. C'est impossible.

Alistair remonte vers mon cou et m'embrasse, puis couvre mes yeux avec ses pouces tandis qu'il explore ma bouche avec la sienne. Mon corps commence à bouger sous lui, faisant connaître son désir.

— S'il te plaît, ne me fais pas attendre, dis-je. Je ne survivrai pas à un autre marathon de préliminaires.

Alistair a l'air amusé. — Oui, madame.

Sur ce, il glisse sa magnifique queue dans mon sexe gonflé, sensible et humide.

Je soupire profondément. — Ah ! C'est tellement bon.

Il inspire bruyamment entre ses dents serrées. — Putain, Ivy.

C'est parfait, d'être remplie comme ça quand je suis si vivante à l'intérieur, si électrisée.

— Parfait, dit-il, comme s'il avait lu dans mes pensées.

Je chasse tout de mon esprit et me concentre sur le plaisir intense que je sens irradier dans tout mon corps. Les lumières de Noël scintillent toutes, et deviennent plus brillantes.

Il bouge en moi d'une lenteur exquise, et mon plaisir commence à monter en flèche. Je gémis et lui murmure des mots tandis qu'il continue, continue à pénétrer mon corps gonflé, touchant exactement le bon endroit. Il connaît mon corps mieux que moi.

Oh putain, je peux le sentir venir. Cette vague déferlante. Ma respiration change, devient saccadée. J'essaie de respirer profondément, d'accepter cette béatitude, mais mon corps a d'autres projets.

— Ohhhhhh, je gémis. — Ohhhhh pu-u-u-u-tain. Je suis si proche.

— Attends, dit Alistair. — Attends.

Je secoue la tête. — Je ne peux pas. C'est trop tard. C'est trop bon.

Il se retire.

Quoi ? Non ! — Alistair ! je supplie.

— Tu vas devoir attendre, dit-il, ressemblant encore à un dieu grec. Tout est ciselé, bronzé et ridiculement séduisant.

— Non, je m'écrie.

— Ça en vaudra la peine, promet-il.

Mais je ne veux pas attendre. Je veux ce magnifique orgasme qui était à quelques secondes. J'avais déjà senti le début des étincelles. Qu'est-ce qui pourrait être mieux que ça ?

Il tourne son visage pour embrasser mon pied. Je pense que ça va me chatouiller, mais ça envoie une flèche de désir tout le long de ma jambe. Un tourment brûlant. Pourquoi me torture-t-il ?

— D'accord, dit-il finalement. — C'est l'heure.

CHAPITRE 40

Alchimie sexuelle

ALISTAIR

Il me faut toute ma volonté pour attendre, pour laisser au corps d'Ivy le temps nécessaire pour atteindre le type d'orgasme dont je sais qu'elle est maintenant capable. Chaque cellule de mon être veut se déchaîner et la prendre sauvagement, la pénétrer sans retenue jusqu'à ce qu'elle obtienne ce dont elle a besoin. Mais je sais qu'en étant un peu plus habile, je pourrai lui offrir l'orgasme de sa vie. Je sens que son corps est prêt. Après tout ce que nous avons traversé ces dernières semaines, c'est exactement ce dont nous avons besoin. J'ai toujours su que le sexe avait un pouvoir de transformation, mais je ne l'avais jamais ressenti avant. C'est Ivy qui rend le sexe transformateur. Elle diminue mon traumatisme et fait disparaître ma douleur. Une heure au lit (ou contre un mur) avec Ivy vaut mieux qu'une douzaine sur le divan d'un psychologue.

Je me souviens d'avoir été fou d'inquiétude pour Ariana quand nous l'avons trouvée — en voyant tout ce sang qui s'accumulait autour d'elle. Le trajet en hélico-ptère était une agonie. Puis, dans ce cadre hospitalier aseptisé quand Ariana était au bloc opératoire, j'étais si effrayé que j'avais l'impression que mes pensées allaient s'emballer, emportant ma santé mentale avec elles. Mais Ivy m'a pris à part et m'a donné ce dont j'avais besoin pour retrouver mes esprits. Elle me permet d'exorciser mes démons à travers elle — et son cœur est si pur que les démons rebondissent simplement sur elle. Ou peut-être ne font-ils pas que ricocher, peut-être se trans-forment-ils en quelque chose d'autre. Quelque chose de pur, à travers l'alchimie sexuelle d'Ivy Mickelson.

Christopher rirait s'il pouvait m'entendre. L'homme que j'étais avant de rencontrer Ivy n'aurait jamais eu de telles pensées. Ivy s'inquiète d'avoir changé, mais je pense que c'est moi qui ai le plus changé.

Ivy me regarde, ivre de désir. La corde soyeuse sur ma nuque me rappelle à quel point j'ai frôlé la mort, et qu'Ivy s'est donnée à moi totalement.

Ah, mon sexe est si dur ; presque trop dur. Mes testi-cules me font mal. Nous sommes figés dans cette posi-tion surréaliste, liés par des nœuds dorés. Je prends une inspiration. C'est le moment.

Je saisis le petit plug anal en acier que j'ai réchauffé

contre ma jambe sous la couverture. C'est une marque de luxe — et ça se voit — avec sa forme sophistiquée et son design élégant. Je l'enduis de lubrifiant, et quand Ivy le voit, ses yeux perdent leur aspect rêveur. Elle cligne des yeux et déglutit. Je lui laisse un moment pour m'arrêter si elle le souhaite, mais elle reste silencieuse, seul son corps trahit sa nervosité. D'après sa réaction, je suppose qu'elle n'a jamais utilisé de plug auparavant, alors je suis content d'avoir choisi la petite taille.

Ivy déglutit à nouveau. Je vois qu'elle a peur, mais elle me fait confiance.

J'appuie le jouet glissant contre son anneau et le fais tournoyer pendant un moment, l'habituant à la sensation et prolongeant l'anticipation pour nous deux, avant d'enfoncer lentement juste le bout.

— Ah ! gémit-elle. Surprise et délice. Ses doigts se crispent en poings au-dessus de sa tête. Elle me regarde toujours : comme un animal pris dans les phares.

Je prends son mont de Vénus en coupe, la paume de ma main pressant contre son clitoris, la maintenant en sécurité et au chaud, puis j'enfonce le jouet un peu plus dans le muscle serré. Elle s'exclame à nouveau et ne ferme pas sa bouche. Je sens une montée de sang vers mon sexe, qui se tend pour entrer en elle. Nous respirons ensemble, lentement, profondément, sans jamais rompre le contact visuel tandis que j'augmente la pression sur son clitoris et que je pousse le plug dans son anus un peu plus. Nous sommes presque à mi-chemin. Ivy se mord la lèvre inférieure, essayant de contrôler sa peur et son plaisir.

Je trouve cela si érotique que je m'approche de mon propre orgasme.

Je sais que je ne tiendrai pas longtemps.

J'observe son visage tandis que lentement — douloureusement lentement pour savourer chaque seconde — je pousse le reste du bulbe lubrifié à l'intérieur de son anneau. Ivy halète et se cambre de plaisir. Sa bouche est toujours ouverte, et ses yeux se révulsent puis se ferment alors qu'elle gémit bruyamment. Putain.

— Bonne fille, je murmure, la caressant, lui disant avec ma peau chaude et ma pression ferme que nous sommes en sécurité. Elle gémit toujours alors que la chair de poule se répand sur ses bras et ses cuisses.

Premier niveau de béatitude déverrouillé, je passe au bouquet final. Je prends plus de lubrifiant et l'applique sur mon sexe avide. Il est si gonflé que c'en est presque douloureux. Les yeux d'Ivy sont toujours fermés, son corps plié en deux par le mien. Je place le bout à l'entrée de sa délectable chatte, qui est encore sensible et humide, et elle halète à nouveau.

Elle pense probablement que ce sera trop, mais je sais qu'elle peut le supporter.

J'ai besoin de plus de lubrifiant. Nous sommes tous les deux si enflés que mon sexe semble trop grand.

J'essaie à nouveau, et ses yeux s'ouvrent brusquement.

— Il ne rentrera pas.

Je souris.

— Il va rentrer.

— Je ne suis pas prête, dit-elle.

— Tu es plus que prête, je réponds.

— Mets-le dans ma bouche d'abord, dit-elle. S'il te plaît. Je veux tellement ta queue. Je la veux dans ma gorge.

Je secoue la tête. Si mon sexe s'approche de sa bouche, tout sera terminé.

— Non, je dis, et elle l'accepte. Je sais que tu as peur, mais tu me fais confiance, n'est-ce pas ?

Ivy hoche la tête, les yeux toujours grands ouverts. J'ajoute plus de lubrifiant et réessaie, introduisant douce-ment le bout de mon sexe. Nous gémissons tous les deux avec l'intense plaisir ressenti. Si putain de serrée et juteuse.

— Merde, Ivy. Je suis sur le point d'exploser. Je respire lentement pour me contenir, mais juste voir la base du plug dans son cul me rend fou de désir. Ses lèvres gémissantes, ses seins qui rebondissent, sa chatte juteuse... c'est presque trop à gérer quand je suis si prêt à détonner.

Respire, me dis-je. *Respire, espèce de chanceux.*

— J'ai besoin de toi, lui dis-je. J'ai besoin de ça.

Ivy hoche la tête.

— Prends-moi, murmure-t-elle. Je suis prête. Je te veux profondément en moi.

Je prends une autre inspiration, puis force ma verge dure comme la pierre en elle. C'est si serré que j'en ai le souffle coupé.

Elle crie de surprise et de plaisir. Sa voix est aiguë et se brise quand elle dit :

— Putain !

J'observe son visage, son expression chaude et extasiée, et quand je commence à bouger en elle, elle a l'air sur le point de pleurer. Je suis sur le point de lui demander si elle va bien quand elle s'écrie et gémit :

— Oui-oui-oui-oui.

Je respire et continue à bouger, sentant les prémices de mon orgasme qui me parcourent, prêt à éclater.

Pas encore, pas encore, pas encore.

C'est trop bon pour s'arrêter. C'est tout.

Ivy crie à nouveau et continue à gémir et à hocher la tête. Je ne pensais pas que ça pourrait devenir plus intense, mais ses muscles frémissants serrent mon sexe et je suis presque venu. Je m'arrête un instant, regardant l'extase d'Ivy.

— Tu es si belle, Ivy, je grogne. Tu es si bonne. Tu es la meilleure chose qui me soit jamais arrivée. Je veux te baiser toute la journée.

Je sais que ce sera une libération puissante pour elle si cet orgasme la fait pleurer. C'est déjà un baume puissant pour mon état d'esprit, de pouvoir la pénétrer comme ça, comme si rien d'autre n'importait.

Je me prépare mentalement à intensifier sans jouir trop tôt.

— Tu es prête, je dis à Ivy. Ce n'est pas une question.

Elle se mord la lèvre et hoche la tête, les poings serrés dans leurs liens dorés. Je tiens ses poignets contre la tête de lit, me donnant l'élan dont j'ai besoin, puis je la pénètre aussi fort que je peux. Elle crie et gémit. Je sais que je touche tous les bons endroits — c'est comme si nous étions parfaitement fusionnés. Faits l'un pour l'autre. Je pousse à nouveau, puis encore, les cris d'Ivy devenant plus aigus à mesure que j'accélère. Bientôt mon corps s'écrase contre le sien, dur et rapide, presque hors de contrôle. Je soulève légèrement ses hanches pour que mon corps en mouvement vienne frapper le plug à chaque fois que je m'enfonce en elle.

Double pénétration. Plus fort. Plus vite.

Ivy hurle quand son orgasme la frappe. Ses muscles se contractent autour de mon sexe, et je sais que c'est fini. Je la baise fort pendant son orgasme, le rendant plus intense, le faisant durer plus longtemps. Je pousse jusqu'à ce que je ne puisse plus, jusqu'à ce que tout mon corps ait l'impression qu'il va perdre le contrôle.

— Je jouis encore, sanglote-t-elle, les muscles spasmodiques.

C'est à mon tour de crier alors que je m'enfonce en elle une dernière fois, sa chatte étranglant mon sexe. J'explose dans une galaxie de félicité : obscurité et étoiles et cette femme qui me donne tout.

CHAPITRE 41
Romantique à mort

IVY

Bordel, bordel de bordel.

Je sanglote dans les bras d'Alistair. Il m'a détachée et a couvert mon visage de baisers, puis m'a soulevée dans ses bras. Maintenant, il me serre fort contre lui, respire dans mes cheveux ébouriffés, essuie mes larmes. Il murmure que je suis magnifique, que je suis tout pour lui, qu'il ne pourra jamais aimer quelqu'un comme il m'aime. Je suis tellement comblée que j'arrive à peine à bouger.

Je tiens à préciser que je n'ai JAMAIS eu d'orgasme aussi intense que celui-ci. Comparés à ça, mes orgasmes avant de rencontrer Alistair étaient comme des éternuements. C'est bouleversant de savoir que le sexe peut être aussi incroyablement intense, aussi complètement enivrant. Comment suis-je censée continuer à vivre une vie ordinaire après avoir vécu ça ?

Les pleurs étaient inattendus, mais j'ai senti la tension et le chagrin quitter mon corps à mesure qu'ils coulaient. C'est comme si Alistair avait baisé toutes les mauvaises expériences au loin, les avait baisées jusqu'à l'oubli. Jeff Bates n'a plus aucun pouvoir sur moi. Il a bien et vraiment disparu. Alistair m'a guérie.

Son nouveau téléphone sonne, nous faisant tous deux froncer les sourcils.

Alistair m'embrasse et tend la main pour le prendre. Après avoir regardé l'identité de l'appelant, il répond.

— Henderson ?

— J'ai entendu un cri, Monsieur.

Alistair croise mon regard, et nous réprimons un rire coquin.

Il s'éclaircit la gorge. — En effet. Vous avez bien entendu. Tout va bien ici.

Je me mords les lèvres pour ne pas glousser.

— Je vérifiais simplement.

— Vous êtes un homme bien, Henderson. À demain.

— Oui, Monsieur.

Alistair termine l'appel et se roule contre moi, m'embrassant pendant que je ris.

— Pauvre Henderson, dis-je. Est-ce que cet homme dort jamais ?

— Jamais vu ça, répond Alistair.

Nous restons blottis l'un contre l'autre pendant un

moment, savourant les dernières impulsions de plaisir qui parcourent nos corps, l'extinction progressive des dernières étincelles.

— C'était... incroyable, je me risque à dire. Même le mot « incroyable » ne semble pas lui rendre justice. Désolée pour les pleurs.

— Oh, tu ne dois jamais t'excuser pour tes larmes, Ivy, dit-il doucement en me caressant le bras.

— C'est juste que... j'ai eu l'impression que tu atteignais le plus profond de moi et... que tu réparais quelque chose.

— Oui, il me serre encore plus près. Je ressens la même chose. Tu me répares.

— Nous nous réparons mutuellement, je réponds.

Je suis sûre que Becks qualifierait ça de propos malsain et codépendant, mais je ne suis pas sûre de m'en soucier. C'est vrai, et c'est romantique à mort.

Je regarde Alistair dans les yeux.

Nous nous réparons mutuellement.

Le soleil du matin nous fait sortir du lit. C'est une bonne chose, car nous avions dormi comme des marmottes, longtemps et profondément, et nous n'avions qu'une heure pour nous rendre à la fête sur la plage que nous étions censés organiser.

— Tout est pris en charge, m'assure Alistair, m'empêchant de me tordre les mains.

Bien sûr, quand on nage dans des centaines de millions de livres sterling, on n'a jamais à lever le petit doigt, même si on est l'hôte.

— Tu dois avoir hâte de voir ta famille, dis-je.

— C'est vrai, répond-il en enfilant une chemise à col en lin doux qui le fait paraître détendu et ridiculement beau. Mais je préférerais passer la journée au lit avec toi.

J'éclate de rire. — Tu es fou, dis-je, bien que je ne le pense pas vraiment. Après ce ultra-marathon de baise !

— *Marathon de baise* ? rit-il. Est-ce qu'on est dans un film d'Austin Powers ?

— Ne prétends pas avoir regardé Austin Powers.

— Je ne l'ai pas fait, admet-il. Mais j'ai vu les mèmes.

Je lui fais un clin d'œil et prends un accent. — C'est groovy, baby.

Alistair secoue la tête devant mes bêtises. Il m'aime.

— Je suis contente qu'on fasse une fête, je dis. Qu'est-ce que je dois porter ?

— Le moins possible, répond-il.

— Ha, ha.

— Une robe de fête, dit-il. Nous avons beaucoup à célébrer.

— Que tu sois en vie, pour commencer.

— En effet. Nous devons aussi célébrer le sexe bouleversant que nous avons eu hier soir.

— C'est vrai, je suis d'accord. C'était certainement un moment fort de ma vie.

— Je suis sûr que ma famille sera ravie de l'apprendre.

Je lui lance un oreiller. Il l'attrape facilement et fait le lit.

Nous prenons rapidement un café et une viennoiserie près de la piscine en attendant que Henderson vienne nous chercher.

— Tu es foutrement magnifique, dit Alistair, me détaillant de haut en bas.

— C'est parce que tu es encore tout plein d'hormones de bonheur post-coïtal, je réponds.

— C'est peut-être vrai, mais le fait demeure.

Je porte une simple longue robe blanche fluide serrée sous la poitrine par une ceinture en cuir.

Il me regarde toujours. — Tu as l'air si... *pure.*

— Tu sais ce qu'on dit, lui dis-je avec un sourire narquois. Les apparences peuvent être trompeuses.

Dans la voiture lors du rapide trajet vers la plage, Alistair me prend la main. — Beaucoup de choses se sont passées depuis cette nuit sur le yacht.

— C'est le moins qu'on puisse dire, je réponds.

— Ce que je veux dire, c'est que je n'ai pas oublié notre discussion. À propos de toi qui démarrerais et dirigerais la fondation caritative de l'entreprise.

Mon anxiété monte en flèche. *Ah oui, ça.*

— Euh, j'hésite, regardant par la fenêtre.

Alistair fronce les sourcils. — Tu as... changé d'avis ?

— Non ! j'insiste. C'est juste que... je me sentais au top du monde. Confiante. Même puissante.

— J'aime ça, répond Alistair.

— J'étais ivre de chaleur et d'orgasmes et de cocktails thaïlandais.

— J'aime ça aussi, murmure-t-il.

— À la lumière du jour, cependant... je ne suis pas sûre d'être assez courageuse.

Alistair se moque. — Toi ? Pas assez courageuse ? Tu dois plaisanter. Tu possèdes toutes les qualités requises - et plus encore - pour faire un énorme succès de ce projet. Tu es la personne parfaite pour ce poste. Mon seul regret est de ne pas y avoir pensé en premier.

— Mais je n'ai aucune expérience. Je ne sais pas comment tenir les comptes. Je suis complètement non qualifiée. Je vais probablement faire des erreurs terribles et coûter des millions à l'entreprise. Et dès que ta famille s'en rendra compte, ils me vireront. Ce qui rendra les déjeuners du dimanche gênants.

Alistair prend une profonde inspiration et soupire. — D'abord, tu n'as pas besoin d'expérience. Et tu n'as certainement pas besoin de compétences en comptabilité - nous avons des gens pour ça. Tu feras des erreurs, comme nous tous, et elles seront rapidement pardonnées et oubliées. Concernant les déjeuners du dimanche, tu n'as rien à craindre car ils sont, comme tu le sais, déjà extrêmement gênants. Autre chose ?

Je tape du pied, ne sachant pas quoi dire d'autre.

— C'est normal d'être nerveuse. Tu n'as jamais été dans le monde de l'entreprise.

— Beurk. C'est encore une autre chose. Les vêtements corporate et travailler dans un bureau. Ce n'est tout simplement pas moi.

— Voilà la hippie contestataire que je connais et que j'aime, ricane Alistair. Tu n'auras pas besoin d'un bureau à Londres. Je veux dire, tu es la bienvenue, mais en ce qui me concerne, tu peux travailler de la maison en pyjama. Reacher et Bijou seront ravis. Ou, encore mieux, travaille au bord de la piscine en bikini - là, c'est moi qui serai ravi.

Je lui frappe l'épaule.

— Quoi ? demande-t-il. Imagine toutes les personnes que tu pourras aider. Tu amélioreras *ma* vie immensément rien qu'en te prélassant dans ledit bikini.

— Tu ne fais que me faire plaisir, dis-je. Même si c'était une terrible idée, tu m'encouragerais quand même.

— Je n'en suis pas sûr. Mais la vérité est que nos efforts caritatifs sont improvisés et pas aussi efficaces qu'ils pourraient l'être. Donc, en réalité, tu aiderais ma famille *et* les personnes qui en ont besoin.

Si je ne fous pas tout complètement en l'air, je pense.

— De plus, poursuit-il. Nous aurons besoin de toute l'aide possible pour réussir à orienter l'entreprise vers des... eaux légales. Les points de relations publiques que nous gagnerons grâce au travail de la fondation iront loin, d'autant plus que nous devrons trouver de nouveaux clients pour compenser le manque à gagner.

— Tu dis que *je* vais jouer un rôle dans l'assainissement de Ravenscroft Enterprises ?

— C'est exactement ce que je dis. Ce sera beaucoup plus efficace que de rester dehors avec une pancarte, en chantant des chansons de résistance de Bob Marley. Tu obtiens essentiellement exactement ce que tu as demandé ce jour-là - une opportunité de changer le monde pour le mieux.

Je regarde ses yeux intenses. Dieu, j'aime cet homme.

Un sourire joue sur ses lèvres. — Tu oublies que je te connais, Ivy Mickelson. Je te connais de fond en comble. Il me serre la main. Si quelqu'un peut faire ça, c'est toi.

CHAPITRE 42
Feu de camp et rhum

ALISTAIR

Traverser la plage en direction de ma famille rayonnante avec Ivy à mon bras et Henderson à mes côtés est une sensation merveilleuse. Je suis un homme différent, vivant une vie méconnaissable par rapport à avant.

— Alistair ! s'exclament Mère et Brumilde en chœur.

Des lanternes en papier et des guirlandes lumineuses sont suspendues tout autour, et la table est magnifiquement dressée. Le sable doux sous nos pieds et l'océan en toile de fond sont tout simplement parfaits. Je me fais la note mentale de laisser un généreux pourboire à l'organisateur de la fête.

Accroché joyeusement à Brumilde se trouve le petit Alex, que je vois pour la première fois à travers un regard enfin libéré de toute culpabilité. La chaleur dans ma poitrine s'intensifie davantage. Père et Christopher lèvent leurs verres dans ma direction, souriants. Nous les rejoignons rapidement et échangeons des étreintes, des salutations et des réprimandes. On me gronde pour leur avoir fait si peur et pour les avoir fait attendre si longtemps avant de me voir. Ivy se fait sermonner pour m'avoir gardé pour elle, et Christopher s'attire des ennuis pour avoir déjà vidé une bouteille de Pinot Noir. Même le bébé est réprimandé pour grandir trop vite et être trop mignon, ce qu'il mérite amplement.

— Ah, c'est merveilleux ! s'exclame Mère. N'est-ce pas tout simplement merveilleux ?

Nous acquiesçons tous, rions et nous asseyons pour boire sérieusement. Ça a été ce genre de semaine.

Je jette un coup d'œil aux deux chaises vides à table, ne sachant pas à qui elles pourraient être destinées. Tous les Ravens sont présents. Le cri d'Ivy m'alerte sur les nouveaux arrivants, et elle se lève d'un bond pour serrer dans ses bras son amie Rebecca, qui semble avoir amené quelqu'un. Je lance un regard incertain à Henderson, mais il hoche la tête et me fait un discret pouce en l'air. Je suppose que Brodie a fait les vérifications d'usage et approuvé l'invitation. Je ne suis pas ravi de devoir partager cet événement spécial avec un inconnu, mais Ivy a sa meilleure amie ici, et je ne peux pas me plaindre de cela. Je demande à Henderson de prendre une chaise supplémentaire pendant que je lui glisse une bouteille de bière fraîche dans la main.

— Tu es en congé pour les vingt-quatre prochaines heures, lui dis-je.

Il aurait argumenté, sauf qu'il sait que ce serait inutile. C'est une réunion de famille, il fait partie de la famille, je suis le patron, et nous avons suffisamment de gardes du corps entre nous tous.

Un serveur nous apporte des piña coladas, des margaritas et d'autres concoctions mousseuses, principalement à base de rhum et de noix de coco. Le feu de camp à l'est de nous est allumé, et nous acclamons tous lorsque les flammes grimpent le long du tipi de petit bois.

— Le feu a un effet purificateur, je trouve, dit l'étranger. Toujours bon pour un nouveau chapitre. Je suis Noah.

Il me tend la main, et je la serre.

— Alistair, je réponds. Bienvenue à la fête.

Henderson observe l'invité du coin de l'œil, mais maintenant que Brodie a autorisé l'homme, je soupçonne que cela pourrait avoir plus à voir avec le fait qu'il a des vues sur Rebecca plutôt qu'il considère Noah comme une menace physique. Ivy est dans son élément, avalant des cocktails et riant avec sa meilleure amie. Je prends Alex des bras de Brumilde et l'installe sur mes genoux. Je lui donne un morceau d'ananas à essayer. Il grimace à cause de l'acidité du fruit, mais en redemande immédiatement. Tout le monde autour de lui rit. Après qu'il se soit rassasié, je le retourne pour que son petit corps repose contre moi. La distribution de son poids change, me faisant penser qu'il s'endort malgré l'agitation de la compagnie.

— J'étais comme ça avant, dit mon frère.

— Mensonges. Tu n'as jamais été aussi mignon de toute ta vie, lui dis-je.

Il fait la moue. — Ce que je voulais dire, c'est que je pouvais dormir n'importe où avant.

— Rien n'a changé, alors, je réplique.

Il concède avec un sourire narquois et prend une gorgée de son cocktail à l'apparence mortelle.

Je peux sentir le bois qui brûle, l'eau salée, la citronnelle. Je respire profondément, essayant de tout absorber, essayant de fixer ce moment dans ma mémoire pour toujours. Ivy éclate de rire à mes côtés. Tout est parfait.

Les serveurs apportent un bouillon de poulet épicé au piment et au galanga. Ils servent des crevettes enveloppées dans une pâte de riz, frites et nappées de sauce au piment doux, ainsi que des galettes de maïs sucré avec de la coriandre fraîche et du sel de citron vert.

— Ce ne sont que les entrées, dit Mère, en regardant Christopher qui a déjà englouti une bonne partie de la nourriture. Garde de la place pour le plat principal.

— Oh, *Maman-poule*, dit-il affectueusement. Tu sais que j'ai une trentaine d'années, n'est-ce pas ? J'ai *quand même* une vague idée de comment survivre dans la nature sauvage sans tes... *conseils constants*.

Je ricane à la partie « nature sauvage » et m'attire un regard perçant de Mère.

— C'est vraiment étonnant, marmonne-t-elle.

— Que j'aie survécu si longtemps en tant qu'adulte ? demande Christopher.

— Que je ne t'aie pas encore déshérité, répond-elle, et tout le monde glousse.

Brumilde ne participe pas aux plaisanteries, mais elle semble contente, assise confortablement et nous regardant tous réunis.

— C'est quoi cette histoire de « trentaine » ? je demande. Trop de rhum te fait oublier ton âge réel ?

Christopher soupire avec une fatigue feinte, puis polit ses ongles déjà brillants sur le devant de sa chemise. Il les admire, puis lève les yeux vers Alistair et hausse les épaules avec désinvolture.

— C'est la nouvelle tendance. Personne n'a besoin de connaître ton âge exact, pas vrai ? Et il y a différentes façons de compter tes années, de toute façon.

Je ricane. — Non, il n'y en a pas.

— Il a raison, dit Mère — ce qui pourrait être une première. Ma montre m'indique que mon âge biologique est de cinquante-cinq ans.

— Ton âge biologique ? je traîne. Par opposition à ton... ?

— Âge chronologique, dit Christopher.

— Maintenant, j'ai tout entendu, rit Père.

Je le regarde, surpris et reconnaissant qu'il soit assez en forme pour être avec nous. — Tu as l'air en forme.

Il s'esclaffe de nouveau. — Ne me dis pas que j'ai l'air d'avoir une quarantaine d'années, parce que je ne te croirai pas.

Nous rions tous, plus par soulagement qu'autre chose.

Tenant toujours Alex endormi sur mes genoux, je pousse un grand soupir et serre le genou d'Ivy. Elle me gratifie d'un sourire éblouissant. Je sens la chaleur du feu de camp et du rhum. J'ai l'impression que le poids que je portais depuis si longtemps s'est enfin envolé de mes épaules.

CHAPITRE 43

La Jungle

IVY

Je vis ma meilleure vie. La nourriture est délicieuse, le cadre est magnifique, et j'ai la chance d'être assise entre l'amour de ma vie d'un côté et ma meilleure amie de l'autre. Un feu de camp qui crépite, des cocktails à volonté, et, surtout, nous sommes tous ensemble et en sécurité. Je réalise que je ne me suis pas sentie en sécurité depuis des années.

Grandir dans la maison de mes parents était un privilège. Nous n'avons jamais été riches, mais nous avions tout l'amour dont nous pouvions rêver. La plupart du temps, je me sentais en sécurité, mais la santé de Jamie était toujours incertaine. Chaque fois que mon petit frère semblait aller mieux, il subissait une sorte de crise médicale qui nous plongeait sous un lourd manteau d'anxiété et de chagrin écrasants. Savoir que Jamie pourrait ne pas survivre une nuit de plus à l'hôpital, relié à toutes ces machines bipeuses et pompantes me terrifiait. J'avais souvent l'impression qu'une vie heureuse et normale était juste hors de ma portée.

En grandissant, la santé de Jamie s'est renforcée, et les frayeurs sont devenues moins fréquentes. Les doigts froids de la peur constamment enroulés autour de mon cœur ont relâché leur emprise, seulement pour revenir lorsque Jeff Bates est entré dans ma vie, apportant avec lui panique, honte et culpabilité. Quand Alistair a disparu la semaine dernière, toute cette terreur est revenue comme un raz-de-marée, au point que j'ai cru devenir folle. Tout cela pour dire que je ne considère pas ce moment doré comme acquis, mais je me permets de m'y abandonner, car je sais à quel point il peut être éphémère.

Les serveurs apportent des brochettes de poulet grillé avec une sauce aux cacahuètes, des brochettes de bœuf à la prune épicée, et des plateaux de *Miang Kham*, des petites bouchées d'épinards frais enroulés avec de la noix de coco, de la citronnelle et des noix de cajou. Christopher examine les épinards crus avec dégoût. Il arrête le serveur qui s'apprête à poser l'assiette, me désigne et articule silencieusement *végétalienne*, donc j'ai droit à une portion supplémentaire.

— Cette nourriture n'est-elle pas incroyable ?

demande Becks en essuyant une goutte de sauce sur son menton.

— Certainement un cran au-dessus de notre cuisine asiatique habituelle, je réponds.

Elle me lance un faux froncement de sourcils.

— Ne dis pas du mal de notre resto chinois préféré ! Cet endroit est une institution.

Elle se tourne vers Noah.

— Ivy et moi allons toujours dans ce petit resto pas cher mais chaleureux dans le quartier chinois. On mange des ramens et on boit tout le saké qu'on peut se permettre.

— Et on a les conversations les plus profondes, j'ajoute.

— J'adorerais être une petite souris, répond Noah.

La nostalgie me fait soupirer.

— On devrait y retourner. Pour le bon vieux temps.

Becks acquiesce.

— Je suis partante !

Je me tourne vers Alistair, qui a toujours Alex sur ses genoux.

— Tu ne manges pas ?

Alistair sourit et baisse les yeux vers le bébé endormi.

— Je ne veux pas faire tomber de la nourriture sur le bébé.

Je ris et tends les bras.

— Tu l'accapares. Laisse-moi le tenir un moment, comme ça tu pourras manger.

J'allais faire une plaisanterie sur le fait qu'il aurait besoin de forces pour plus tard, clin d'œil, clin d'œil, mais quelque chose m'arrête. C'est peut-être parce qu'il semble encore un peu maigre après son épreuve. Raison de plus pour qu'il mange, mais je ne veux pas être celle qui lui rappelle ce qu'il a traversé.

Alistair me passe le petit paquet endormi, et je le tiens contre ma poitrine. Il fait quelques bruits de reniflement en se calant contre moi, puis se détend complètement en se rendormant. J'adore la sensation de son petit corps chaud contre le mien, l'odeur de ses cheveux et la douceur de son pyjama. Mon Dieu, ce moment pourrait-il être plus parfait ?

Alistair fait vite disparaître la nourriture de son assiette. Isobel se lève, tenant un verre élégant, et nous cessons de parler entre nous pour l'écouter.

— Mon cher garçon bien-aimé, dit-elle en regardant son fils aîné. Dieu merci, tu es revenu sain et sauf.

— Depuis quand croyons-nous en Dieu ? lance Christopher.

Isobel me regarde droit dans les yeux.

— Ivy, ma chérie, rends-moi service et donne un coup de pied dans les tibias de Christopher.

— Aïe ! crie Christopher en me regardant bouche bée. Ça fait mal !

Je lève les yeux au ciel. Même si je voulais lui donner un coup de pied, je ne pourrais pas l'atteindre avec Alex sur mes genoux.

— Merci, dit Isobel, une lueur espiègle dans les yeux.

— Je serai brève. Je dois l'être, car je me suis promis de ne pas pleurer.

Elle avale sa salive et continue.

— Alistair. Nous sommes tellement reconnaissants de t'avoir retrouvé, et en un seul morceau.

Il y a des murmures autour de la table, probablement concernant l'oreille coupée qu'on nous a envoyée dans la boîte cadeau au ruban noir. Putains de Russes. Je serre Alex plus fort contre moi.

— Comme je l'ai dit, je ne vais pas faire un long discours. Je pense que nous sommes tous émotionnellement épuisés. Je voulais juste dire, Ravens, je vous aime tous, et je suis fière de vous.

— Fière de Christopher ? la taquine Alistair. C'est une première.

— Hé ! crie son frère. J'ai gagné la course à l'œuf et à la cuillère en CE1 !

Nous rions tous, probablement moins de l'esprit de Christopher que du sentiment pétillant et joyeux que nous partageons tous... et du rhum dans nos veines.

— Santé, dit Isobel en levant son verre.

Nous faisons de même et trinquons. Quand Isobel s'assoit, je vois Gregory lui tapoter l'épaule et hocher vigoureusement la tête. *Bon discours, ma chérie*, je peux l'imaginer dire. *Très bien.*

Les serveurs débarrassent la table, remplissent les verres et remplacent les plateaux du dîner par des dizaines de bougies qui vacillent dans la brise. Ils allument des torches en bambou le long de la plage à perte de vue.

Les visages se tournent vers Alistair, alors il s'éclaircit la gorge et se lève.

— Je n'ai rien préparé, dit-il. Vu l'endroit, j'ai supposé à tort que la fête serait détendue, sans programme formel.

Nous rions doucement.

— C'est une réception Ravenscroft, dit Christopher. Ça va de soi. Je suis surpris que Mère ne nous ait pas ordonné de porter des smokings. Ou, à tout le moins, nos vestes d'intérieur.

Brumilde secoue la tête d'un air navré et fait « tss-tss » à Christopher. Comment elle a pu s'en sortir quand elle était leur nounou, je ne le saurai jamais. Il y a, toujours, de l'affection dans ses yeux.

Alistair gratifie son frère d'un sourire.

— J'ai toutefois quelques mots à dire.

Nous arrêtons de glousser et prêtons attention. Je suis sûre qu'Alistair a toujours su comment captiver un auditoire, ou dans ce cas, une table luxueuse sur une plage, avec des lanternes en papier se balançant dans la brise chaude et les vagues léchant le rivage.

— Sans trop insister, j'aimerais profiter de cette occasion pour réitérer mon intention d'assainir nos opérations au sein de l'entreprise.

— Pas encore ça, gémit Christopher.

Alistair poursuit.

— Si cette expérience m'a appris quelque chose, c'est que la sécurité de notre famille est primordiale.

Je sens une nouvelle chaleur se répandre dans ma poitrine. Je ne pourrais pas l'aimer davantage.

— Tu ne peux pas nous envelopper tous dans du coton, argumente son frère, ce qui me donne vraiment envie de lui botter les tibias. C'est toujours une jungle là-dehors. Et nous savons comment opérer dans la jungle. C'est notre avantage sur nos concurrents. C'est pourquoi nous avons un putain de succès.

— Langage, avertit Isobel.

— Je comprends ce que tu dis, répond Alistair avec prudence. Nous avons fait ce qu'il fallait pour développer l'entreprise et la fortune familiale. Nous étions doués pour ça.

Christopher fait semblant de s'éclaircir la gorge et murmure : « Euphémisme ! »

Alistair l'ignore.

— Mais maintenant que nous avons ce pour quoi nous avons travaillé, ce pour quoi nous avons risqué nos vies, nous n'avons plus besoin d'opérer dans la zone de danger. En fait, ce serait stupide car en faisant cela, nous risquerions de perdre tout ce que nous avons accompli.

Voilà mon Alistair, qui atténue les risques partout. Mon cœur.

— Il est temps d'arrêter notre pilote automatique et de réfléchir vraiment à ce que nous voulons pour nous-mêmes, pour l'entreprise, pour la famille. Notre objectif n'est pas d'être riches au-delà de toute mesure...

— Parle pour toi, lance Christopher, mais pas méchamment. Il comprend, même s'il n'aime pas ça.

— Il existe de nombreuses sortes de richesses, dit Alistair. Nous les avons toujours eues dans cette famille. Et j'en ai trouvé une nouvelle avec Ivy.

Je rougis sous son regard et caresse le dos d'Alex. Isobel cligne des yeux pour chasser les larmes. Je cherche un mouchoir, certaine que je vais pleurer aussi. Becks le remarque et prend le bébé, le laissant se blottir contre elle un moment. En les regardant, Noah a un regard rêveur.

— Adore les enfants, murmure Becks. C'est un cauchemar.

Je regarde Alistair avec tant d'amour, et je m'aperçois qu'il me fixe aussi.

— Et je ne veux jamais qu'elle, ou n'importe qui d'autre dans cette famille, soit en danger à nouveau. Je ferai ce que je peux pour vous protéger tous. Ma priorité absolue pour l'avenir de Ravenscroft Enterprises sera de légaliser toutes les opérations possibles, et de mettre fin à celles qui ne peuvent pas l'être.

— Tout à fait d'accord, dit Gregory en levant son

verre, ce qui nous fait tous regarder. Nous nous reprenons rapidement et levons nos verres pour le rejoindre.

Même Christopher fait sa part à contrecœur.

— Au nouveau chapitre de Ravenscroft Enterprises !

Il semble surréaliste qu'ils soient d'accord, et je suis certaine qu'il y aura de nombreux obstacles à surmonter, mais je prends les petites victoires en chemin.

CHAPITRE 44
Velours Élimé

ALISTAIR

Nous sommes entourés par la lumière chaleureuse et vacillante des dizaines de bougies et de torches de plage, tandis que le feu de camp brûle férocement en notre centre. Nous avons tous la tête légère, le cœur léger, réchauffés par le feu et le rhum.

Les musiciens commencent à s'installer, signalant que le dîner est terminé et que la fête va bientôt commencer. Les membres du groupe ont leurs instruments traditionnels, et la chanteuse principale, une belle femme dans une robe de soie émeraude, se balance au rythme, se préparant à chanter.

— Encore une chose, dis-je, toujours debout. Juste un petit détail.

Ma famille me regarde, s'attendant peut-être à une note d'organisation, comme l'heure à laquelle le jet partira demain matin pour nous ramener à la maison. Ils sont distraits, légèrement ivres, et prêts à danser. Christopher lorgne non pas une, mais deux des serveuses, et les paupières de mon père semblent lourdes. Noah joue à coucou avec Alex, qui est maintenant réveillé et gazouille de plaisir.

Henderson et Ivy sont les seuls qui semblent vaguement intéressés par ce que je m'apprête à dire, Ivy me souriant, les yeux embués. Elle pense probablement – espérons-le – à l'incroyable orgasme de la nuit dernière.

Je m'éclaircis bruyamment la gorge, ce qui semble attirer l'attention de tout le monde.

— Pendant que j'étais enfermé, les choses étaient surréalistes et floues. Maintenant, tout le monde est concentré, suspendu à mes lèvres. Au fil du temps, j'ai gagné en clarté. Non seulement sur l'endroit où j'étais et ce que je devais faire pour rester en vie... mais aussi sur ce qui compte le plus dans la vie : les personnes qui en font partie.

Les yeux de ma mère brillent de larmes. Brumilde cherche des mouchoirs.

— Qui es-tu et qu'as-tu fait du vrai Alistair ? plaisante Christopher.

Je lui souris. — La mission de ma vie m'est apparue clairement. Je ferai tout ce que je peux pour vous protéger tous, quoi qu'il arrive, et pour profiter au maximum de nos vies ensemble.

Mon père semble s'être revigoré et hoche vigoureusement la tête.

Je pourrais jurer que je ne suis pas nerveux, mais mon cœur en décide autrement et commence à marteler contre mes côtes.

— Et donc je me suis dit... quel meilleur moment pour m'engager envers vous tous, et également offrir mon engagement à Ivy.

Les yeux s'écarquillent, les dos se redressent.

Je plonge la main dans ma poche pour prendre le petit cadeau que j'avais rapporté. Une boîte à charnière recouverte de velours élimé.

Je souris nerveusement à Ivy, son expression oscillant entre la joie et la terreur. Je prends sa main et la tire pour qu'elle se tienne devant moi, mes nerfs à vif.

— Ivy Mickelson. En ce court laps de temps que je te connais, tu as bouleversé ma vie. Tu as complètement chamboulé le statu quo.

Il y a des ricanements nerveux autour de la table.

— Je vivais dans un coin froid et sombre, et tu l'as illuminé de ton soleil. Je n'ai jamais été plus heureux ou plus comblé, et j'ai le sentiment que ce n'est que le début.

Ivy sourit maintenant – Dieu merci – tout en me faisant un signe de tête. Je respire un peu plus facilement.

D'accord. Elle sait ce qui se passe et elle va dire oui.

— Maintenant, avant que j'ouvre cette boîte, je la lui montre dans la paume de ma main. Je dois m'excuser de ce qu'elle n'est pas à la hauteur de nos... standards habituels. C'était le mieux que je pouvais obtenir au mont-de-piété sur le chemin du retour.

Rebecca pousse un cri de joie, faisant qu'Alex – voulant partager l'excitation – rebondit sur les genoux de Noah.

— Tu *n'as pas fait* ça, me réprimande ma mère, semblant scandalisée. Pas dans un *mont-de-piété*.

— Si, lui dis-je. J'ai échangé le pistolet que j'ai pris à mon ravisseur.

— C'est peut-être la chose la plus romantique que j'ai jamais entendue, dit Christopher. Brumilde lui lance sa serviette. Il l'attrape et lui fait un clin d'œil.

Ivy rit joyeusement de la façon dont ma famille impolie interrompt ma très importante demande. Je suppose qu'elle comprend que si elle m'épouse, elle épousera aussi ma famille absurdement dysfonctionnelle.

J'ouvre la boîte pour qu'Ivy puisse voir la bague simple avec son minuscule et modeste saphir. Son sourire est si grand qu'on jurerait que la bague vaut un million de livres.

Je m'agenouille, le cœur gonflé.

— Ma chère Ivy, je commence.

Je ne peux m'empêcher de penser, sans le dire à haute voix : *Mon petit animal, ma maîtresse, ma putain, ma déesse.*

— Ce n'est pas exagéré de dire que je t'aime plus que

la vie elle-même. Je ne peux pas imaginer être sans toi. Tu ferais de moi l'homme le plus heureux sur terre si tu acceptais d'être ma femme. Veux-tu m'épouser ?

Ivy, souriant toujours d'une oreille à l'autre, dit : — Seulement à une condition.

CHAPITRE 45

Petite Frimousse

IVY

Je fais durer le suspense, juste pour m'amuser. Bien sûr que j'épouserai Alistair. Il n'y aura jamais personne d'autre – principalement parce qu'il a ruiné tous les autres hommes pour moi. Est-ce que mon cœur bat si fort qu'il pourrait sortir de ma poitrine ? Oui, absolument. Mais je pense que c'est surtout dû au fait que je ne m'attendais pas à une demande en mariage de sitôt. Notre relation est encore si récente, et je me sens si jeune et naïve, mais quand on y réfléchit bien, évidemment que nous nous marierons. Nous avons toujours su que nous étions faits l'un pour l'autre.

Alistair est toujours à genoux. — Est-ce que ta condition... c'est une plus belle bague ?

Je ris et secoue la tête. — Non. J'adore cette bague. Elle est parfaite.

Isobel fronce les sourcils vers moi, et je suis sûre qu'elle pense *on ne peut pas laisser passer ça*. Ou peut-être se demande-t-elle quelle est ma condition.

Je relève Alistair. — Je t'aime, Alistair Ravenscroft, et je serais ravie d'être ta femme. Mais je serais encore plus heureuse si nous pouvions adopter Alex comme notre fils.

Tout le monde murmure, et Brumilde éclate carrément en sanglots. Des sanglots de joie, j'espère.

— Oh mon Dieu ! chuchote Becks au bébé, qui est maintenant sur les genoux de Noah. Bébé ! Tu as entendu ça ? Tu as entendu ce que ta nouvelle maman a dit ?

Alex glousse face à son regard fou.

Alistair m'offre un sourire éblouissant et glisse la bague à mon doigt. Elle est parfaitement ajustée. Il m'attrape, m'attirant dans une étreinte complète qui me coupe le souffle. Je sens chaque partie de son corps contre le mien, et c'est le plus beau moment de ma vie.

Ou peut-être le plus beau moment de ma vie, je me corrige, *à part le sexe de la nuit dernière*.

Le groupe commence à jouer, et une bouteille de tequila est posée sur la table.

Christopher pousse un cri de joie et frappe sur la table, les femmes acclament et font la queue pour me serrer dans leurs bras, et Noah me félicite et – plutôt à contrecœur – me confie Alex pour un câlin géant. Que dire, je commence à l'apprécier, ce type.

— Bonjour petite frimousse, dis-je au bébé. Tu sais que tu vas bientôt être *ma* petite frimousse ?

— C'est la meilleure nouvelle de tous les temps, rayonne Brumilde à travers ses larmes.

— Ça ne serait pas arrivé sans toi, Mildew, lui dis-je, en utilisant le surnom que Christopher lui a donné.

— Absurde, répond-elle.

— C'est vrai. Je n'aurais pas été assez courageuse pour le faire toute seule. Mais tu es si expérimentée – et gentille et merveilleuse – que je sais que tout se passera bien.

Elle renifle et tend les bras vers Alex. — En parlant de ça, il va avoir besoin d'un biberon maintenant.

J'écarquille les yeux vers elle. — Tu vois ce que je veux dire ?

Isobel m'embrasse sur les deux joues et me serre dans ses bras. — Bienvenue dans la famille, ma chérie. Je ne pourrais pas être plus ravie.

Si on m'avait dit il y a un mois que Mme Ravenscroft serait ravie à l'idée de m'avoir comme belle-fille, j'aurais ri – très fort.

— Ça ne vous dérange pas qu'il épouse une fille comme moi et pas une... héritière aristocratique qui a fréquenté une école de bonnes manières ?

— Bon Dieu, ma chérie, ça ressemble à une recette pour le malheur. Vous êtes *parfaits* l'un pour l'autre, comme vous le savez très bien. Et ne crois pas que j'ai oublié comment tu as sauvé la vie de ma fille. Tu es un atout pour cette famille – et infiniment plus respectable qu'une princesse insipide et gâtée de Fettes.

J'essaie de trouver une réponse quand Gregory rejoint sa femme.

— Je pense qu'il est peut-être temps de rentrer, ma chère, dit-il.

— Bien sûr, chéri, répond Isobel, en me faisant un clin d'œil. *Ne le prends pas personnellement*, dit le clin d'œil. *Il ne comprend pas vraiment.*

— Tu ne vas pas féliciter notre jeune Ivy ? lance Isobel.

Gregory lève le menton et m'examine d'un œil plissé. — Ah, oui, la nourriture était délicieuse. Talentueuse au-delà de toute mesure, vous êtes. Très apprécié.

Il doit penser que j'ai cuisiné. Probablement à cause de notre toute première conversation où nous avions discuté de l'utilisation du poivre blanc dans les Yorkshire puddings par Crêpe Suzette.

— Je vous en prie, réponds-je, en rendant son clin d'œil à Isobel.

Becks est la suivante, arborant son sourire le plus excité – une grimace maladroite qui me fait toujours rire. Au lieu d'un câlin, je reçois un coup de poing dans le bras. — Tu aurais pu me prévenir, bon sang !

— Je ne savais pas ! réponds-je. Je te jure.

Elle soupire. — Ah bon, eh bien, tant pis pour mon plan de t'extirper de tout ça.

— C'était ton plan ? demandé-je. De m'extirper ?

— Plus une pensée récurrente qu'un plan solide, si je suis honnête.

— Je suis contente que tu aies échoué, réponds-je. Parce que sinon, je n'aurais pas eu *le meilleur sexe de ma vie* hier soir.

Quelqu'un derrière moi s'éclaircit la gorge. Je me retourne et vois Christopher qui m'ouvre les bras. Becks et moi gloussons comme des écolières. J'espère que mes rougissements sont cachés par mon visage réchauffé par le feu.

— Viens là, frangine, dit-il, et il me donne un câlin d'ours. Félicitations.

J'attends l'inévitable pique sur le véganisme, mais elle ne vient pas – probablement parce qu'il regarde par-dessus mon épaule les serveuses qu'il dévisageait tout à l'heure.

Henderson, toujours formel, me serre la main. — Je suis heureux pour vous deux.

Alistair est de retour et donne une tape dans le dos de Henderson. — Tu ne bois pas assez, dit-il. Il est temps de te détendre.

— Oui, monsieur, répond le garde du corps, sans rien faire de tel.

CHAPITRE 46
Dérangé par le désir

ALISTAIR

— Ma magnifique future épouse, dis-je d'une voix traînante en offrant mon bras à Ivy. Les adultes sont partis, et il y a une bouteille de très bonne tequila ouverte. Ça te dit un verre et une danse ?

Nous avalons un shot avec du citron vert et du sel, puis nous nous embrassons en riant, et dansons près du feu de camp. Le groupe joue une version thaïlandaise étrange des classiques rock que nous connaissons et aimons. C'est parfait.

— Tu as vraiment échangé un pistolet contre cette bague ? demande Ivy.

Je hoche la tête. — C'était une bonne pièce, en plus. Solide et durable. C'était aussi sentimental parce que je l'ai pris à Anya. Je regrette un peu de l'avoir échangé, pour être honnête.

Ivy rit et me frappe la poitrine. — J'ai le sentiment que ce ne sera pas la dernière fois que j'en entendrai parler.

Je souris. — Chaque fois que nous nous disputerons, je vais me dire que j'aurais dû rester loin de ce maudit prêteur sur gages.

Elle lève les yeux au ciel. — Ça va devenir une blague récurrente dans ta famille pendant des années. Je peux déjà imaginer Christopher ivre à Noël qui hurle « *J'aurais dû garder le Makarov ! »*

— Oh, mon Dieu, je ris. J'aurais peut-être dû garder cette partie de l'histoire pour moi.

— Nan, dit-elle. C'est beaucoup plus intéressant comme ça.

Je cesse de sourire un instant. — Tu es sûre que tu es prête ? Pour Alex, je veux dire ?

— Je ne suis pas prête, mais je vais faire de mon mieux. C'est l'enfant le plus adorable, et il mérite un foyer heureux. Je veux faire partie de ça. En plus, nous aurons beaucoup d'aide. Brumilde est un trésor, et Becks et Noah semblent être excellents avec lui — ce qui n'est pas peu dire, car Becks déteste généralement les enfants.

— Dieu merci, dis-je, parce que je n'ai pas beaucoup confiance en Christopher comme baby-sitter.

Ivy éclate de rire. — Ça n'arrivera jamais. Peu importe à quel point nous serions désespérés.

— Tout à fait d'accord.

Elle regarde autour d'elle. — Où est-il, d'ailleurs ? Je m'attendais à ce qu'il soit à portée de main de la tequila.

— Probablement parti en douce avec un membre du personnel.

Ivy hoche la tête. — Ça lui ressemble bien.

— Est-ce que... *tu* voudrais t'éclipser pour une baise rapide de célébration ? je demande en levant les sourcils.

Elle rit. — On en a déjà parlé. Tu n'es pas capable de faire vite.

— Défi accepté, je réponds, et je commence à l'entraîner pendant qu'elle fait semblant de protester.

Nous trouvons un bosquet sombre et un sol de sable fin. Je choisis un arbre à l'écorce lisse qui n'est pas chargé de noix de coco. J'ai lu quelque part que les noix de coco tuent plus de gens que les requins. Imagine survivre à la Bratva russe pour être tué, en pleine baise, par une noix de coco lors de la nuit la plus importante de ma vie.

— Pourquoi souris-tu comme ça ? demande Ivy.

— Comme quoi ?

— Comme un homme dérangé.

Pour préserver l'ambiance, je décide de ne pas mentionner les requins tueurs ou leurs homologues noix de coco encore plus meurtrières.

— Parce que je t'ai.

— T'avoir moi te rend dérangé ?

— Un peu, oui.

Dérangé par le désir.

Je pousse Ivy contre l'arbre et l'embrasse. Elle a

toujours le goût du citron vert et du sel, avec une pointe de tequila. Je lui mords doucement la lèvre tandis que ma main soulève sa robe.

— Mm, je gémis. Je pourrais t'embrasser toute la nuit.

— J'ai bien peur d'avoir besoin de plus que ça, répond-elle en se pressant contre moi pour sentir mon sexe prendre vie.

Je glisse ma main dans l'avant de sa culotte et caresse son magnifique sexe. — Je n'arrive pas à croire que tu es à moi.

— J'étais à toi avant la demande, répond-elle en passant ses mains sur mes muscles. Je suis à toi depuis que tu m'as ramassée sur ce trottoir. Je pensais que tu étais un super-héros, puis j'ai réalisé que tu étais un dieu.

Je ris contre son cou. — Je suis bien trop imparfait pour être l'un ou l'autre.

— Pas à mes yeux, murmure-t-elle.

Mes doigts glissent dans la partie chaude et humide d'elle, et elle gémit. — J'adore ta façon de me toucher.

Mon sexe se bat pour sortir de mon pantalon. Il tend douloureusement pour être à l'intérieur d'Ivy. Elle déboucle ma ceinture, me dézippe, et le tient à travers le tissu de mon boxer, me faisant gémir et pousser contre sa main comme un adolescent vierge.

— Les rapides, c'est amusant, dit-elle, respirant plus fort. On devrait le faire plus souvent.

— Je ne suis pas heureux si tu ne jouis pas. C'est pourquoi je les évite.

— J'ai joui assez longtemps et fort la nuit dernière pour que ça me dure une vie, dit-elle. Tout ce que tu fais maintenant n'est qu'un bonus.

J'enfonce mes doigts plus profondément en elle, et elle gémit à nouveau.

— Dans ce cas, dis-je, tu vas avoir un sacré bonus. Je vais m'assurer que tu sois l'épouse la mieux baisée du monde.

CHAPITRE 47

Baignade naturiste

IVY

La brise chaude, les effets de la tequila, les doigts magiques d'un homme magnifique dans ma culotte... Je me dis que c'est la meilleure fête de plage à laquelle j'ai jamais assisté. Je me sens si jeune et libre, comme si je voulais enlever mes vêtements et aller me baigner nue dans la mer. Alistair a d'autres idées. Il me pousse contre l'arbre, m'embrassant profondément tandis que sa main apporte une chaleur rayonnante à mon sexe. Ses doigts s'enfoncent plus profondément, me faisant gémir de plaisir.

— Promets-moi, je murmure.

Il me regarde dans les yeux. — N'importe quoi.

— Promets-moi que nous n'arrêterons jamais de faire l'amour comme ça.

— Contre un palmier ? plaisante-t-il.

Je suis trop excitée pour rire. — Du sexe libre, magnifique, sans limites.

— Ça, je peux te le promettre, dit-il.

Il m'embrasse, ses doigts s'enfonçant plus profondément.

— Mais quand nous serons mariés, je murmure. Et quand nous serons parents. Je ne veux pas que ça change.

— Notre chimie ne changera jamais, grogne-t-il. Je te désirerai jusqu'au jour de ma mort.

Je gémis. — Dis-moi ce que tu me feras.

— Je vais te baiser à chaque occasion possible.

— Mm. Quoi d'autre ?

— On baptisera le reste du manoir, chaque pièce, puis on recommencera depuis le début. Je te mangerai sur le comptoir de la cuisine. Je te pencherai sur la table de billard. Je te baiserai contre tous les murs et devant toutes les cheminées.

Ses doigts bougent plus vite maintenant, son pouce caressant mon clitoris pendant qu'il va et vient. Mon sexe rayonne de plaisir et de désir.

— Quoi d'autre ? je demande.

— On cochera plus de cases sur notre liste de fantasmes, en commençant par celui qui t'excite le plus. Dès demain matin, et on n'arrêtera pas d'explorer jusqu'à ce que tu en aies assez.

Ma respiration est haletante. — Je n'en aurai jamais assez.

— Alors on fera une nouvelle liste. Et encore une autre après.

— Et les soirées ? je demande. Les soirées libertines.

— J'ai une invitation dans ma boîte mail. C'est une soirée amusante, un peu différente. On sera de retour juste à temps pour y aller. Je pense que tu vas l'adorer.

— Je veux baiser une autre femme, je murmure, me surprenant moi-même. Et je veux te regarder la baiser aussi.

Alistair s'éclaircit la gorge. — Ça peut certainement s'arranger.

— Et je veux plus de tout.

Il me mord la clavicule et enfonce ses doigts plus profondément. — Peux-tu être plus... précise ?

Je gémis et me presse contre lui. Je suis si mouillée, et son toucher est si bon. — Plus de jouets. Plus de pénétration. Plus de partenaires. Plus de clubs comme Iniquity. Je veux tout essayer. Je veux tout.

— Je veux tout te donner, grogne-t-il dans mon cou, accélérant son rythme.

— Putain, je gémis, sentant mon orgasme monter. Je te veux en moi maintenant, quand je jouis. Je veux jouir sur ta queue.

Je sors son membre de son boxer pendant qu'il dégrafe mon soutien-gorge. Il enfouit son visage entre mes seins, l'air chaud de l'océan caressant agréablement ma peau nue.

Magnifique membre en main, Alistair est sur le point

de me pénétrer quand nous entendons une brindille craquer sous un pas. Nous nous figeons, espérant que qui que ce soit s'éloignera de nous. Je contiens ma respiration lourde pour que nous puissions entendre. Mon sentiment d'insouciance s'estompe. Sommes-nous en danger ?

— Alistair ? lance une voix familière. C'est Henderson.

Nous ne bougeons pas.

— Vous n'êtes pas censé être de service, répond Alistair.

— Monsieur. Permission d'approcher ?

— Attendez là. J'arrive tout de suite, dit Alistair.

Nous nous rhabillons, et je passe mes doigts dans mes cheveux sauvages dans une tentative infructueuse de démêler les nœuds. Alistair me prend la main et nous émergeons de l'obscurité, de retour sur la plage éclairée par les flammes où Henderson, dans son costume sombre caractéristique, a l'air anxieux. Il tient son téléphone d'une manière qui me fait penser qu'il a reçu de mauvaises nouvelles, comme s'il essayait de mettre de la distance entre lui et le message qu'il vient de recevoir.

— Qu'est-ce qu'il y a ? demande Alistair. Il y a de l'inquiétude dans sa voix. Il sait qu'Henderson ne l'interromprait jamais comme ça à moins que ce ne soit urgent.

Henderson se frotte le front. — Doux Jésus, Marie, Joseph.

Ça ne peut pas être bon, je pense.

— Brodie vient d'appeler.

J'ai une boule au ventre. Brodie n'appelle jamais avec de bonnes nouvelles.

— Nous devons partir immédiatement.

— Quitter la fête ? je demande.

— Quitter le pays, dit Henderson. J'ai pris la liberté. Le jet est en train d'être préparé et le taxi attend.

— À quel point c'est grave ? demande Alistair, se préparant mentalement à la nouvelle.

— Il n'y a pas de raison de paniquer, et personne n'est mort, répond Henderson. Mais nous devons nous mettre en route.

Alistair comprend rapidement. — C'est Ariana.

Les lèvres du garde du corps forment une ligne mince. Il hoche la tête.

Qu'a-t-elle encore fait ? Elle était à l'abri de notre syndicat rival dans le centre de réhabilitation de luxe. Je suppose que la seule personne dont elle n'était pas à l'abri était elle-même.

— Elle s'est échappée ? je demande.

— Pire, répond Henderson en grimaçant. Elle s'est enfuie pour se marier.

FIN

L'HISTOIRE D'IVY ET ALISTAIR CONTINUE DANS LE TOME 5

Après un cliffhanger aussi important dans le tome 3, je ne pouvais pas vous refaire le même coup. Au lieu d'écrire les dix prochains chapitres qui se seraient terminés par un ÉNORME suspense, je me suis retenue.

Ce livre est donc plus court que je ne l'aurais souhaité, mais je me rattraperai dans le tome 5 où beaucoup d'action se déroule.

J'espère que vous rejoindrez les montagnes russes émotionnelles d'Ivy et Alistair qui les mènent à leur ultime happy end torride à la fin de la série. Pour l'instant, il semble que le tome 6 sera le dernier livre, mais je ne le saurai avec certitude que lorsque j'y arriverai.

Merci pour vos généreuses critiques de la série

jusqu'à présent. Et, surtout, merci de m'accompagner dans cette aventure !

Mistress Blair

>> Commandez le Tome 5, Exploring All Things Bad ici.<<

(la livraison des précommandes est prévue pour mars 2025, mais j'espère le publier plus tôt)

>> Page de la série : Blood Money Billionaire <<

Également disponible en version papier (tomes 1 à 4) et en livre audio (tomes 1 et 2 jusqu'à présent. Les autres sont actuellement en production.) <3

J'ai quelques codes audiobook du tome 1 à offrir - alors n'hésitez pas à me le faire savoir si vous aimeriez écouter.

J'envisage également une édition limitée en couverture rigide avec de nouvelles illustrations pour la série de 6 tomes. Si cela vous intéresse, faites-le-moi savoir !

Janita

jtlawrence79@gmail.com

À propos de Mistress Blair

Blair Butler est le nom de plume romance torride de l'auteure All-Star de Kindle Unlimited et auteure à succès USA Today, JT Lawrence.

Pour être informé des nouvelles publications, suivez-la sur Substack, son site web ou sa page d'auteur sur Amazon :

https://blairbutler.substack.com/
www.jt-lawrence.com
https://shorturl.at/jRXGz